CW01163774

Journal d'un nul débutant

Luc Blanvillain

Journal d'un nul débutant

Neuf
l'école des loisirs
11, rue de Sèvres, Paris 6e

Du même auteur à *l'école des loisirs*

Collection Médium

Cupidon power

© 2014, l'école des loisirs, Paris,
Loi n° 49.956 du 16 juillet 1949 sur les publications destinées à la jeunesse : septembre 2014
Dépôt légal : octobre 2014
Imprimé en France par CPI Firmin Didot à Mesnil-sur-l'Estrée (124738)

ISBN 978-2-211-21845-0

2 septembre, veille de la rentrée

Contrairement à ce que pense ma mère, je n'entreprends pas ce journal aujourd'hui par plaisir, ni parce que j'entre en sixième demain. Je n'ai rien à dire là-dessus.

Encore moins sur tous les sujets abordés par la maîtresse dans son long discours d'adieu, en juin dernier : nos « débuts dans l'adolescence », « le temps des secrets », « la transformation du corps », et autres ramassis de niaiseries pour adultes.

Je veux parler des raisons pour lesquelles je vais devenir nul. Point à la ligne.

Je n'aime pas le mot « nul », mais tout le monde l'emploie. Il faut bien se faire comprendre. En classe, quand on est nul, on est souvent un gros nul. Comme si on devenait obèse à force de se gaver de zéros. Officiellement, donc, en première page de ce journal intime, j'annonce que je rejoins le peuple des mauvais, des médiocres, des besogneux. La bande des gros nuls.

Jusqu'à présent, j'étais exactement le contraire.

Le genre d'élève à qui les autres – ma grande sœur, surtout – rêvent de flanquer des claques. Dix-neuf de moyenne générale. Pas vingt, pour qu'on ne m'en flanque pas. Cette sorte d'individu qui, le sujet à peine distribué, se met à gratter sa copie d'une traite, la rend une demi-heure avant tout le monde et a, en plus, le droit d'aller chercher un livre dans la bibliothèque de la classe pour tuer le temps en attendant que les autres achèvent péniblement leur travail.

Un gros livre.

Un livre épais, très au-dessus de mon âge, farci de descriptions.

Dans la famille, on se rappelle encore ma seule incursion sous la moyenne. Elle a eu lieu le jour de mon appendicite. Je n'avais pas parlé de mon mal au ventre pour ne pas rater le contrôle de maths.

Pourquoi, dès lors, quitter l'Olympe et vouloir dégringoler dans la boue gluante de la nullité ?

(Oui, j'emploie ce genre de phrases. J'ai peu d'amis.)

Pourquoi former un projet qui ne manquera pas de consterner mon père, de ravager ma mère et de réjouir ma sœur ?

Alors qu'on m'a inscrit au collège le plus réputé de la ville, le plus exigeant, le plus impitoyable ?

Afin de l'expliquer, je dois faire un point rapide sur mon existence. (Un journal intime nous permet d'exposer des secrets pour que personne ne les lise.) Je n'ai pas le droit de regarder la télévision. Je ne possède pas de console. Le dimanche, nous nous promenons à la campagne. J'ai la vie de Petit Ours Brun. Mes parents n'agissent pas ainsi par cruauté, ils veulent me voir exceller. Comme mon père est bibliothécaire, il supervise les matières littéraires. Ma mère, ingénieur, gère mes maths. Je suis cerné.

Ma sœur s'en est mieux sortie. Elle redouble sa troisième sans le moindre regret, sauf celui de devoir passer une année scolaire dans le même établissement que moi. Nous nous appelons Nils et Héloïse. Ces prénoms n'ont pas été choisis un soir de beuverie. Mes parents nous les ont infligés volontairement.

Ils ont bien tenté de transformer aussi Héloïse en phénomène de foire, mais leur technique n'était pas encore au point. Ils l'ont perfectionnée pour moi. Elle est très simple : ils me harcèlent. Depuis ma naissance, tout ce qui s'offre à ma vue m'est expliqué. On m'en assène le poids, la vitesse, l'étymologie, le territoire de chasse ou la composition chimique. Enfant, quand je me faisais mal, plutôt que de pleurer, je devais fournir trois synonymes du mot « douleur ». J'ai vite cessé de me plaindre.

J'ai donc décidé, à mon tour, de me rebeller. Incapable d'imiter Héloïse qui, en sa double qualité de fille et d'adolescente, maîtrise l'art de bouder, d'arborer au réveil une mine douloureuse ou d'éclater en vrais sanglots sans se forcer, j'ai choisi la nullité. Aussi longtemps qu'il le faudra, je serai un cancre. Bien sûr, cette métamorphose s'accomplira par paliers. Personne ne doit repérer la supercherie.

Je pense commettre d'abord des fautes d'orthographe. Celles qu'on dit d'étourderie.

Ensuite, je multiplierai les erreurs de calcul.

Puis je ne parviendrai pas à m'habituer au collège.

Les changements de professeurs, les nombreux déplacements, tout me perturbera. J'oublierai de noter les devoirs. On me punira. Ces punitions m'entraîneront dans une spirale d'angoisse et d'insomnie. Je serai tout pâle. Tétanisé par la peur de l'échec, j'échouerai. En peu de temps, je pense pouvoir devenir un nul crédible.

J'entrevois les conséquences d'un tel comportement, sans arriver à les anticiper tout à fait. Ma mère va se faire un sang d'encre. Mon père soupirera. Il y aura des discussions dans le salon, portes fermées. Ils consulteront les gros volumes écrits par des pédopsychiatres, que ma mère accumule dans sa bibliothèque. Je les ai lus. Les savants déconseillent de trop solliciter les enfants, sous peine de les rendre anxieux et de les pousser à l'échec. Ma mère a survolé les passages recommandant aux parents de laisser leur progéniture s'épanouir auprès d'autres spécimens de son espèce.

Elle remettra le nez dedans.

J'aurai peut-être enfin le droit de jouer au foot ou aux jeux vidéo. On peut rêver.

9 septembre

Je sais. Une semaine a passé. Au sens strict, mon journal n'en est plus un puisque je ne l'ai pas tenu quotidiennement. Je devrais l'appeler mon hebdomadaire intime. Ce genre de réflexion montre à quel point je suis contaminé par la maniaquerie de mes parents. En tout cas, cette rentrée a été riche et prodigieusement intéressante.

Premier point positif, je suis entouré d'inconnus, dans ma classe. Mes amis de l'an dernier ont été dispersés dans des sixièmes moins sélectives. La mienne propose un bouquet d'options appétissantes : allemand renforcé, découverte du latin, initiation au japonais, exploration chimique et introduction à la pensée philosophique. Résultat, nous ne sommes que vingt. Vingt cerveaux. L'élite du collège. Enfin, non. Nous sommes dix-neuf cerveaux plus Basile, dont je vais parler d'ici cinq minutes.

Ma mère est dans tous ses états parce que la fille de son « N + 1 », Mélisande Boucart, figure dans la liste de mes condisciples. Un N + 1, dans le monde des adultes, est un petit chef, à peine plus puissant que vous, mais que l'on regarde comme une divinité redoutable, susceptible de vous ouvrir des portes ou de vous pourrir la vie.

Nous travaillons dans une salle spéciale, suréquipée. Chaque centimètre carré des murs présente un élément susceptible de stimuler notre désir de connaître : cartes topographiques, frises chronologiques, énigmes mathématiques, reproductions de tableaux célèbres, portraits de grands hommes. Outre le vidéoprojecteur, le tableau numérique interactif et l'écran géant, on met à notre disposition une flottille de tablettes dernier cri. Nos devoirs à peine corrigés, les notes sont saisies par nos professeurs et transmises à nos parents, via Internet. Depuis la rentrée, nous avons déjà subi quatre contrôles. J'ai réussi à les rater tous.

Mais n'allons pas trop vite. Je dois d'abord

parler de mes nouveaux camarades. Ils ne présentent pas beaucoup d'intérêt, a priori. Ils pourraient poser pour des pubs de dentifrice ou décorer des vitrines d'ophtalmologues. Presque tous ont au moins un an d'avance, ce qui leur donne une allure de gros bébés trop coiffés. Quand ils sont assis sur une chaise, leurs pieds ne touchent plus le sol. À peine en place, ils sortent leurs cahiers, stylos, règles, rapporteurs, et les disposent sur la table, comme pour une cérémonie. Ensuite, lorsque le prof entre, ils se figent, se redressent, se raidissent dans la position typique de l'otarie attendant qu'on lui jette un poisson.

Hormis moi, trois individus se détachent du lot.

Le premier s'appelle Mona, comme la Joconde. Il existe donc des parents encore plus tordus que les miens. Heureusement, elle ne ressemble pas du tout au tableau, à part, peut-être, quand elle sourit en me regardant d'un air mystérieux. Cet air mystérieux des filles sensibles à mon charme. Je l'ai remarqué souvent. Elle boite. Sa claudication m'a tout de suite intrigué et, comme j'étais troublé par son air mystérieux, j'ai gaffé.

– Qu'est-ce que tu as comme handicap ? lui ai-je demandé à la première minute de la première récréation, avant de chercher des yeux un mur, dans l'idée de m'y cogner la tête.

Heureusement, Mona m'a répondu :

– Et toi ?

J'ai rougi.

– Moi ? Je suis nul.

Elle a pris ma déclaration très au sérieux et a froncé les sourcils. La Joconde n'a pas de sourcils, j'ai vérifié. Ils sont épilés.

– Qu'est-ce que ça veut dire, nul ?

J'ai songé à lui servir mon histoire de troubles psychologiques, d'entrée dans l'adolescence, mais elle avait des cils si longs qu'ils balayaient toutes mes idées.

– Personne n'est nul, a-t-elle conclu. Tu n'es pas nul. Et je ne suis pas handicapée.

Puis elle a ajouté avec un sourire nettement moins mystérieux mais franchement irrésistible :

– J'ai juste un léger problème de motricité qui me donne le droit de prendre l'ascenseur, et de te demander de porter mon sac. Comme j'ai un peu peur dans l'ascenseur, tu m'y accompagneras.

Le deuxième individu est un nul. Un vrai. Il se prénomme Basile, et je n'ai pas encore élucidé le mystère de sa présence parmi nous. Une erreur d'orientation. Peut-être que ses parents sont nuls aussi.

Un heureux hasard, en tout cas, m'a placé à côté de lui dès le premier cours. Basile est un grand garçon mou, orné de cheveux flasques et doté de longues mains blanches auxquelles les objets, systématiquement, échappent. L'épais silence des cours est ainsi ponctué de chocs très nuisibles à la concentration : sur le sol dallé rebondissent des statuettes en métal, des billes, des os, des dents, des coquillages. Basile collectionne les petites choses dures et inutiles. Je n'ai pas encore décelé d'autres points communs aux trophées dont il bourre ses poches et sa trousse.

Grâce à lui, j'ai pu échouer parfaitement, dès les premières évaluations. J'ai copié sur lui. Je me suis inspiré de sa technique. Basile est un nul de haut vol. Un professionnel. D'abord, il met plusieurs longues minutes à prendre conscience qu'on lui a distribué le sujet. Minutes qu'il consacre à l'observation des nuages. Il m'a avoué sa passion pour les masses nébuleuses. Il y voit des visages. Les visages des morts, qui essaient de communiquer avec nous. Il faut lire sur leurs lèvres. Cet art demande du temps et de la patience. Quand il a fini de déchiffrer les messages de l'au-delà, il se penche sur son travail, plisse les yeux, attrape un stylo et écrit n'importe quoi.

On ne peut pas dire qu'il réponde mal. Il répond à côté. Non, pas à côté. Loin, très loin. Il répond ailleurs. Il répond à des questions que personne ne lui pose, à part lui-même. Généralement, il s'appuie sur un mot de l'énoncé pour développer ses théories, dans une orthographe réinventée. J'apprends beaucoup à son contact. Mona lui plaît mais il n'a aucune chance avec elle, je crois. Tant qu'il n'aura pas compris à quoi servent les brosses à dents.

Le troisième personnage se distingue, paradoxalement, par sa parfaite conformité. Un génie odieux. Moi en pire. Il carbure aux équations. Mes premiers résultats l'ont rassuré sur mon compte. Il nous gratifie, Basile et moi, de sourires condescendants et de remarques venimeuses. Il a repéré Mona, mais uniquement parce qu'elle est presque aussi douée que lui. Pour l'instant, elle arrive toujours deuxième. On ne me croira pas mais il s'appelle Ange.

Quant à nos professeurs, je les connais encore mal, à l'exception de M. Courtelin, qui enseigne les maths. Héloïse m'a éclairé sur son compte. Cet homme est un monstre. On le désigne par son surnom, Face-de-Rapace. De fait, son nez acéré, ses yeux perçants et son front fuyant le rapprochent du condor des Andes. Comme lui, c'est un charognard. Il se repaît de ses proies. Face-de-Rapace est cancrivore. Il becquette ses victimes agonisantes en secouant sa tête déplumée. À la différence des vrais condors, M. Courtelin ne compense pas sa laideur par l'élégance de son vol. Il sautille plutôt comme une poule. Mona tremble à sa vue mais Basile, pour une raison qui m'échappe, le juge assez sympathique.

Mes premiers résultats ont créé, à la maison, un ouragan atomique. Confiante, ma mère s'est connectée sur le serveur du collège, a tapé les codes personnels fournis par l'établissement et, en découvrant mes notes, a cru s'être trompée. Je l'observais du coin de l'œil et du fond d'un fauteuil en sirotant une briquette de lait fermier au chocolat naturel. À la troisième tentative, elle a relancé l'ordinateur. Mais les chiffres, invraisemblablement bas, se sont affichés derechef.

Elle s'est tournée vers moi, a désigné l'appareil avec un demi-sourire, s'attendant sans doute à ce que je lui confirme la présence d'un bug quelque part. Mais quand j'ai baissé le nez d'un air penaud, elle s'est mise à claquer des dents. Je ne l'avais jamais vue réagir ainsi, même à 2000 mètres d'altitude, aux sports d'hiver, dans les Alpes où poussent non pas des sapins, comme on se l'imagine à tort, mais des épicéas.

– Je suis perturbé, ai-je murmuré, pour briser le silence et tenter de rétablir sa circulation sanguine.

Elle a jeté un nouveau coup d'œil aux notes.

Le spectacle était épouvantable. On aurait dit un bulletin d'Héloïse.

Durant trente bonnes secondes, ma mère s'est livrée à la gesticulation des assaillants arrosés d'huile bouillante, puis a repris son souffle, par spasmes décroissants. Une tentative de sourire, avortée en haut-le-cœur, a débouché sur un croassement que je n'ai pas compris.

– Qu'est-ce que tu dis, maman ? ai-je demandé de ma voix d'ourson.

– Pourquoi ? a-t-elle répété, épuisée.

– Je suis perturbé, ai-je conclu.

Voyant qu'elle n'obtiendrait rien de moi, elle m'a laissé avec ma briquette et s'est retirée du salon, en marche arrière, sans me quitter des yeux. Peut-être pour dissuader le démon qui m'habitait de s'échapper en me déchirant les entrailles. Ensuite elle a appelé mon père au travail, ce qu'elle n'avait fait jusqu'alors que pour lui annoncer la naissance imminente de leurs enfants.

– Max ? On a un gros problème, ai-je entendu avant qu'elle ne s'enferme dans son bureau.

Le soir, mon père est rentré plus tôt et m'a beaucoup souri. C'en était gênant, ce sourire fixe, braqué sur moi en permanence.

Je n'ai pas flanché. Jamais quitté mon air de préadolescent perturbé. Ils n'ont pas protesté quand j'ai laissé mes épinards.

Héloïse s'est montrée charmante avec moi, après le dîner. Elle m'a avoué être mandatée par mes parents pour tâcher de savoir ce qui m'arrivait. J'ai hésité à tout lui révéler. Mon secret n'était pas si facile à porter. Tout à coup, ma sœur m'a semblé bienveillante, douce et presque intelligente. Mais, je l'ai compris juste à temps, cela lui donnerait un pouvoir gigantesque. Mon seul confident serait ce journal.

– Je ne sais pas, ai-je geint. Le collège, peut-être.

L'explication l'a convaincue.

– Ouais. Il est over pourri.

Je retranscris comme je peux le langage de ma sœur. Les ethnologues qui exhumeront ce document dans mille ans, après l'apocalypse bactériologique, ne trouveront pas ses mots dans les dictionnaires. Je les plains, mais chacun son travail.

– Le prof de maths, surtout, ai-je renchéri.

– Face-de-Rapace ? Il peut pas me blairer. Il te sacque. Normal.

J'ai failli protester, contrarié de voir ma sœur s'attribuer le mérite de ma nullité, si durement conquise. Mais il valait mieux ne rien dire. Tout ce qui pouvait consolider mon plan était bon à prendre.

– Au début, s'est-elle confiée, j'ai eu peur que tu me colles la honte, avec tes bonnes notes. Maintenant, je suis rassurée.

J'ai opiné, vaguement hagard. Elle a paru inquiète. Et si quelqu'un m'avait vendu de la drogue ? Alors, sans réfléchir, je me suis blotti dans ses bras et j'ai produit un sanglot, assez bien imité. Émue, elle m'a caressé la tempe. Pour la première fois de notre vie, la paume de ma sœur entrait en contact avec mon épiderme sans y laisser un bleu.

16 septembre

J'ai encore laissé passer une semaine. Ce doit être mon rythme naturel. Mais je me perfectionne. Je possède maintenant un petit carnet dans lequel je note les principaux événements et le contenu de mes conversations.

Commençons par mes notes : tout va bien. Elles baissent encore. Je n'obtiens la moyenne qu'en sport. Ce n'est pas incompatible avec mon statut de cancre, et cela me permettra, le moment venu, de suggérer timidement à mes parents de m'inscrire au club de foot, pour restaurer mon estime de moi.

Grâce à mes résultats, ma mère a perdu deux kilos sans effort. Mon père rentre tôt du travail. Ma sœur sourit et débarrasse la table. Personne ne l'avoue, mais ma nullité a considérablement amélioré la vie de la famille.

Mona est une fille exceptionnelle et je suis de moins en moins insensible à son charme. J'ai dessiné une Joconde sur la couverture de tous mes classeurs. Elle a compris le message. Comme convenu, je lui porte son sac et l'accompagne dans l'ascenseur. Malheureusement, le collège n'est haut que de deux étages. La cabine est exiguë. Nous sommes presque serrés l'un contre l'autre. Mes yeux paraissent flotter dans le vague mais en réalité je contemple sa nuque dans le miroir. J'ignore si elle en fait autant. Les voyages en ascenseur sont des parenthèses de silence dans nos discussions.

Généralement, nous parlons de tout. Basile se joint à nous. Il est parfait car il ne dit rien et nous évite la gêne du tête-à-tête. Autre avantage : ma sœur ne se doute pas de ma tendre inclination pour Mona, puisque nous déambulons toujours en trio, quand elle nous croise dans la cour.

L'existence de Mona, si elle ensoleille mon séjour dans ce lugubre établissement, m'a confronté à des difficultés inattendues. D'abord, elle s'inquiète pour mon avenir scolaire. Sa sollicitude ne me déplaît pas, bien au contraire, mais je souffre quand ses yeux navrés se posent sur moi, chaque fois qu'on nous rend des copies, c'est-à-dire tous les jours. Une fille de sa trempe peut-elle tomber sincèrement amoureuse d'un loser ? La pitié ou, pire, le mépris ne risquent-ils pas d'empoisonner ses sentiments à mon égard ? Ces pensées la tourmentent, j'en suis sûr, dans le silence de l'ascenseur. Voilà peut-être pourquoi nous ne nous y sommes pas encore fugacement embrassés.

Comme l'idée me traversait de lui exposer ma stratégie et de tomber le masque, elle a déclaré ceci :

– Je peux tout pardonner, sauf le mensonge. Il me dégoûte.

Je me suis tu à temps.

Je l'ai lu dans les gros livres pédopsychiatriques de ma mère, les êtres humains sont dotés d'un inconscient et ils comprennent quelquefois des choses sans savoir qu'ils les ont comprises. Voilà ce qui a dû se produire pour Mona. Inconsciemment, elle a compris que j'étais un sale menteur.

Mais l'arrogance d'Ange me fait bouillir au-delà de tout. À chaque devoir, il domine Mona d'au moins deux ou trois points. C'est en maths que leur rivalité éclate le plus violemment, attisée par Face-de-Rapace. Pour mon malheur, je pourrais le battre facilement et lui river définitivement son clou : à la fin des contrôles, Face-de-Rapace ajoute un problème particulièrement insoluble, une équation retorse, une figure infaisable. Chaque fois, Ange s'y casse les dents. Chaque fois, je trouve la solution, et la garde pour moi.

Ma présence et celle de Basile dans cette classe de surdoués doit consterner l'équipe enseignante. Mais il est trop tard pour reculer. Nous sommes embarqués. Deux passagers clandestins dans cette galère. Ils ne peuvent plus nous jeter à l'eau.

Mercredi, mes parents ont franchi un cap. Ils m'ont emmené chez le psychologue. Cela s'est fait presque à mon insu. Je n'ai pas été averti du rendez-vous. J'avais bien remarqué leurs airs mystérieux et les chuchotements qui cessaient à mon approche, mais je les mettais sur le compte de ma nouvelle vie. J'aurais dû reconnaître sur leurs visages les signes de l'hypocrisie parentale, les sourires rassurants qui s'y impriment juste avant qu'on ne vous arrache une dent ou les amygdales. Ils m'ont simplement prié de monter en voiture. Mon père a même fait « hop ! » en jouant avec la clé de contact, comme la fois où on m'avait conduit chez un coiffeur d'où j'étais sorti affligé d'une coupe de moine pour boîte de camembert.

Ma mère est montée aussi. L'affaire était grave. Nous avons bouclé nos ceintures. J'ai préféré ne pas poser de question. À coup sûr, on me déportait vers un internat privé, aux méthodes archaïques. Une institution à l'ancienne, avec châtiments corporels et chambres d'isolement. J'en ressortirais brisé, à dix-huit ans. Mona, de désespoir, aurait épousé Basile.

– Nous arrivons, a indiqué ma mère.

Peu après, nous patientions dans une salle d'attente pimpante, ornée de dessins d'enfants (probablement perturbés, à en juger par les silhouettes qu'ils avaient tracées à grands traits rageurs et sanguinolents).

La porte du cabinet s'est ouverte sur une jeune femme enjouée, beaucoup plus élégante que ma mère. Mes parents se sont levés d'un même élan, mais elle les a calmés :

– Nils est assez grand pour m'expliquer tout seul ce qui ne va pas.

– Mais… a tenté ma mère.

– À tout à l'heure, monsieur-dame.

Elle connaissait mon prénom. Tout avait été soigneusement préparé dans mon dos. Elle avait sans doute son idée sur moi. Son diagnostic. Mon stratagème ne lui avait sûrement pas échappé. Il s'agissait d'une pro. Mieux valait peut-être avouer tout de suite, elle me torturerait moins longtemps.

Elle a pris place derrière un bureau encombré de livres et de papiers. Un gros téléphone blanc, en équilibre instable sur l'arête du plateau, menaçait de sauter dans le vide à la prochaine sonnerie. Elle a attrapé un bloc et trouvé un stylo.

– Je t'écoute.

Elle ignorait que j'avais lu les manuels de psychologie et que je connaissais l'existence de l'inconscient. Chacun de mes gestes, la moindre hésitation, mes raclements de gorge, tout pouvait être interprété, et révéler qui j'étais : un pitoyable comédien torturant ses parents. J'ai songé à Mona et à sa haine du mensonge.

– À quoi penses-tu ?

Ce n'était pas seulement une psy. Elle avait des pouvoirs. Elle était capable de déceler ce qui se passait dans mon âme. J'ai respiré lentement, pour me calmer.

– Je suis là pour t'aider, Nils. Pas pour te juger.

Elle avait lu dans ma tête. Et elle me signifiait qu'à la différence de Mona elle était prête à tout entendre sans s'offenser. Une fois encore, j'ai failli tout dire, et puis non. Mon plan m'exposerait à des épreuves bien plus redoutables. Je devais me montrer fort.

– Je suis perturbé, ai-je murmuré en déglutissant.

Ces trois mots ont paru la ravir. Elle s'est aussitôt mise à griffonner comme une folle. Encouragé par son enthousiasme, je lui ai résumé mes premières journées au collège, en insistant sur « mes difficultés ».

– Tu dors bien ?

Que répondre ? Que je dormais mal, évidemment. Que je faisais des cauchemars. Voilà. Des cauchemars. Parfait. J'ai raconté qu'une créature abominable m'apparaissait quand je fermais les paupières, et j'ai décrit Face-de-Rapace. Elle a frissonné.

– Bon, a-t-elle dit, d'un ton conclusif. Le moment est peut-être venu de faire entrer tes parents, tu ne crois pas ?

Personnellement, je n'avais pas d'avis sur la question. J'ai haussé les épaules, elle s'est levée, a ouvert la porte et ils sont entrés, avec des airs graves, comme si on venait juste de me libérer après une longue prise d'otage.

– Alors ? a demandé ma mère, un peu trop vite, avant même d'être assise.

Sa voix vibrait d'espoir et de peur. Mon père a fait craquer les articulations de ses phalanges.

– Nils a trop de pression sur les épaules, a répondu la psychologue, sans sourire.

Puis elle a plissé les yeux et scruté mes parents, l'un après l'autre. Ils ont baissé la tête. Mon père a toussoté.

– Je vous conseille de le laisser respirer. Qu'il sorte, qu'il s'aère, qu'il se détende, qu'il joue. Des choses de son âge, en fait. Le scolaire a son importance, mais il ne doit pas prendre toute la place.

Ses paroles ont coulé sur moi comme un flot de miel liquide et légèrement tiédi. Un miel génétiquement modifié qui s'évaporerait aussitôt et qu'il ne faudrait pas ensuite racler en s'arrachant les poils.

– Et… ses résultats ? a supplié ma mère.

– Ne vous inquiétez pas. Je vous propose de nous revoir dans quelques mois pour un bilan.

Dans la voiture, mes parents n'ont rien dit. Mais le soir, au lieu de m'expédier au lit à vingt heures trente, comme d'habitude, ils m'ont donné la permission de regarder un film.

J'ai bondi de joie. Cette psychologue allait peut-être me permettre de combler mes lacunes. Mes parents m'avaient interdit tous les chefs-d'œuvre récemment sortis, qu'ils jugeaient trop violents ou carrément stupides. J'ignorais tout des aventures de Spiderman ou des Quatre Fantastiques. Je ne connaissais ni les morts-vivants ni les aliens. À deux pas de chez nous, on pouvait louer des DVD. J'aurais l'embarras du choix.

– La chaîne Histoire diffuse un documentaire sur la restauration des églises romanes. *Télérama* en dit le plus grand bien, a annoncé ma mère en allumant le poste.

Ensuite, ils se sont assis dans le canapé, en laissant une petite place pour moi entre eux.

Héloïse a prétexté une migraine pour se retirer dans sa chambre.

20 septembre

Il s'est produit quelque chose d'énorme. Mona m'a invité chez elle.

Elle me l'a annoncé, incidemment, comme nous pelions nos pommes à la cantine. Cet événement, largement plus historique à mes yeux que la fondation de Rome (-753) confirmait la métamorphose de ma vie, par la grâce de ma nullité, en un champ de roses où des bouquets de bonheur commençaient à éclore. Désormais, je passerais mon temps à jouer au foot, à regarder de vrais films à la télévision (j'avais fait comprendre à mes parents que les églises romanes aggravaient ma dépression) et à embrasser Mona dans sa chambre.

En réalité, elle avait décidé de me faire travailler mes maths.

– Nous allons reprendre les bases, m'a-t-elle indiqué. Tu ne peux plus continuer comme ça. C'est trop humiliant. J'ai préparé un programme de révision. En quelques semaines, si tu t'y tiens, tu devrais pouvoir te hisser au niveau d'un enfant de six ans.

Ces mots avaient été prononcés avec une compassion sincère. J'ai accepté. Nous avons mâché nos pommes sans rien ajouter.

En début d'après-midi, ma mère m'a conduit chez Mona. Ces derniers temps, j'ai du mal à reconnaître celle qui m'a donné le jour. À peine ai-je le temps de formuler la moindre requête qu'elle a déjà dit oui. Comme si son aptitude à consentir, trop longtemps bridée, s'exerçait sans mesure à tout propos. Héloïse en profite, bien sûr. Elle sort encore plus souvent. Elle va danser. Elle rit avec des garçons aux cheveux crêtés, qui font pétarader leurs scooters sous mes fenêtres. Je ne suis pas certain qu'une éducation si relâchée convienne à une jeune fille.

Je me suis donc retrouvé, sans avoir bien compris comment, dans le salon de Mona. Sa mère a accueilli la mienne avec beaucoup d'empressement et, m'a-t-il semblé, un peu de pitié. On sentait qu'elle aurait détesté enfanter un demeuré dans mon genre. Elle m'a parlé comme à un petit sauvage qu'on aurait trouvé dans la forêt, après dix ans passés parmi les loups.

– Tu es donc le fameux Nils ? a-t-elle articulé en parlant fort, pour que je comprenne bien.

J'ai acquiescé, et ma mère aussi. Nous avons hoché la tête à l'unisson, et j'ai cru lire dans les yeux de Mona que, même si elle tombait un jour amoureuse de moi au point de m'épouser, elle hésiterait à mélanger ses gènes à ceux de ma famille. Heureusement, elle m'a vite attrapé par la main, avec ce fameux sourire dont j'ai déjà parlé.

– On a du travail.

La porte de sa chambre s'est refermée sur nous. Je n'ai plus pensé à ma mère.

– Assieds-toi, m'a-t-elle ordonné en désignant son bureau.

À part un grand portrait d'Einstein tirant la langue, rien ne trahissait sa passion pour les sciences. Les murs étaient sobrement décorés de posters de chanteurs glamour, absolument détestables.

– Commençons par les tables de multiplication. Trois fois deux ?

Je me suis gratté la tête. Il m'était pénible de jouer la comédie devant elle, dans l'intimité de sa chambre, assis à son bureau, visiblement rangé pour moi. Un beau bureau de bois clair qui sentait bon la forêt. J'avais envie de me promener avec elle dans une forêt et de lui donner le bras pour l'aider à enjamber les racines. Nous pourrions construire une cabane et y vivre heureux.

– Bon, je vois, a-t-elle soupiré. Allons-y plus doucement. Une fois deux ?

La séance a duré longtemps. Je n'en pouvais plus de doser mes hésitations pour paraître crédible. Son visage s'éclairait quand j'avais bien répondu à une question difficile pour un élève de maternelle.

– Tu vas y arriver, j'en suis sûre ! s'écriait-elle.

Elle était patiente, méthodique, enthousiaste. Comme si elle se mettait à ma place et ressentait physiquement mes prétendues difficultés. Brusquement, j'ai eu la certitude que sa joie de me voir surmonter les épreuves lui rappelait ses propres efforts pour marcher à peu près normalement, quand elle était petite. Efforts qui n'étaient pas feints, eux. Une boule s'est formée dans ma gorge. J'ai eu honte.

Comme mes yeux s'étaient involontairement fixés sur ses pieds, elle a souri.

– Tu as toujours envie de savoir ?

J'ai tenté de prendre un air encore plus stupide, mais au point où j'en étais, ça devenait difficile.

– Savoir quoi ? Combien font deux fois deux ?

– Pourquoi je boite.

J'ai haussé les épaules.

– Je suis née trop tôt. Mon système nerveux n'était pas encore tout à fait terminé.

J'ai fait mine de comprendre parfaitement le problème.

– Tu vois, a-t-elle ajouté, la précipitation peut nous ralentir. J'aurais dû rester au chaud quelques semaines de plus. Mais tu sais, ma vie est presque normale. J'ai juste dû accepter que je ne pourrai pas faire de longues randonnées sous les étoiles, danser pendant des heures ou gagner le marathon.

Comme elle paraissait triste, je me suis tortillé sur ma chaise. Elle a souri :

– Tu en as assez ?

J'ai opiné.

– Je t'en demande beaucoup, a-t-elle reconnu. Tu pourrais réviser la table de deux pour la prochaine fois ?

« La prochaine fois ». Il y aurait une prochaine fois. Cette perspective m'a aidé à surmonter mon dépit. J'ai promis d'essayer. Ensuite, nous nous sommes mis à parler et les heures ont filé, jusqu'à ce que nos deux mères pointent leur tête par l'embrasure de la porte.

– Tout s'est bien passé ? a demandé la mienne.

– Mais oui ! a confirmé Mona.

J'en ai déduit qu'elle non plus ne s'était pas ennuyée en ma compagnie. Il y avait vraiment quelque chose entre nous. Mais elle n'accepterait jamais de sortir avec un nul. J'ai failli lui demander combien de points gagnés me vaudraient un baiser d'elle.

Dans la voiture, j'ai repensé à tout ce qu'elle m'avait raconté. Sur le moment, ses paroles m'avaient juste émerveillé, mais, à la différence des chewing-gums, les mots ont plus de goût quand on les mâche longtemps. Ceux de Mona sonnaient. Elle voulait devenir écrivain. À tous propos, elle prenait des notes et inventait des histoires. Notre collège l'inspirait. Elle avait imaginé Face-de-Rapace en agent secret d'un univers parallèle envoyé dans le nôtre pour y sélectionner les enfants les plus intelligents, qu'il enlevait ensuite et ramenait dans son royaume. Une sorte d'univers parallèle. Là-bas, les malheureux étaient contraints de travailler sans relâche pour faire progresser les sciences et les techniques.

– Ensuite, m'avait-elle expliqué, Face-de-Rapace ferait disparaître le souvenir des élèves kidnappés. Plus personne ne se rappellerait leur existence. Leurs photos s'effaceraient. Heureusement, un collégien courageux se douterait de quelque chose et partirait à leur recherche. Ce ne serait pas un génie, lui. Au premier abord, il semblerait un peu déphasé. Les autres le prendraient pour un idiot. Mais il aurait la clé des plus grands secrets.

– Je vois à qui tu penses, avais-je osé.

– Bien sûr. On reconnaît facilement Basile. Mais je lui donnerai un autre prénom.

En rêvant, dans la voiture, aux futurs romans de Mona, je suis tombé définitivement amoureux d'elle. Il en a toujours été ainsi pour moi, avec les filles. Je m'éprends progressivement. La passion grossit comme un tas de sable. Grain par grain. Mais on ne sait jamais à partir de quand les grains forment un tas. On le constate, voilà tout. On se dit : « C'est un tas. » Moi, pareil. Je me rends compte soudain qu'il s'agit d'amour. Et je commence à souffrir.

J'ai regardé ma mère avec des yeux brouillés par quelque chose de tiède qui la rendait floue. Elle a tourné la tête vers moi et ce qu'elle a vu a paru l'inquiéter.

– Tu te sens bien ? Tu es bizarre.

À cette seconde, Mona me manquait terriblement et, avec elle, sa chambre, son bureau, ses posters, son Einstein, ses multiplications. J'ai failli demander à ma mère de faire demi-tour. Peut-être, avec l'aide de la psychologue, la famille de Mona pourrait-elle m'adopter ?

– Nils ? Qu'est-ce qui se passe ?

J'ai pris sur moi. Pourquoi, depuis mon entrée au collège, m'était-il devenu impossible de dire la vérité aux gens qui m'entouraient ?

– Rien, ai-je grommelé. On a beaucoup bossé.

– Tu es obligé d'employer des mots si… familiers ? Je ne te reconnais plus, Nils.

Parfois, mon ancienne mère perçait sous la nouvelle, menaçant de prendre le dessus. J'ai dû exagérer ma mine boudeuse et rogue. Je me suis rappelé ce qu'Héloïse rétorquait, quand on lui faisait des reproches.

– Vas-y ! ai-je lâché. C'est bon !

Parfait. Dans ma bouche, cette phrase anodine a sonné comme une bordée de jurons. Le menton de ma mère a tremblé. Comment des termes si crus pouvaient-ils franchir l'enclos nacré de mes dents ? N'étais-je donc plus son petit lapin ? Son bichon ? Son choupi ? Allais-je, comme les autres, me couvrir d'acné, cracher sur les trottoirs et ricaner au téléphone, vautré sur la moquette ? Qu'avait-elle raté dans mon éducation ? Ces questions l'ont hantée jusqu'à la maison, et j'ai pu penser à Mona sans être interrompu.

Après le repas, j'étais encore si fébrile que j'ai commis une erreur : je me suis confié à Héloïse. Je ne sais pas comment j'en suis arrivé là. Je suis entré dans sa chambre. Elle écoutait de la musique en dansant. Je lui ai ôté ses écouteurs et, avant qu'elle ne proteste, je lui ai parlé de Mona. J'avais à peine esquissé les grandes lignes de son portrait qu'il était déjà minuit. Nos parents sont venus demander poliment si nous accepterions de nous coucher, car le manque de sommeil favorisait l'obésité et le diabète. Nous les avons renvoyés, un peu rudement, et Héloïse, encouragée par mes aveux, s'est livrée à son tour. Elle m'a appris qu'elle a un copain. Ils se voient souvent, en cachette.

Il s'appelle Hippolyte.

Je ne sais pas pourquoi – la tension accumulée, la fatigue – j'ai ricané :

– Hippolyte ! C'est débile comme prénom !

Elle m'a dépecé du regard. J'avais gaffé. Quelques secondes plus tard, je me suis retrouvé dans ma chambre, la joue rouge et cuisante. Ma fierté m'a interdit d'aller lui présenter des excuses.

N'empêche, Hippolyte, c'est débile.

23 septembre

Il me faut insérer ici un épisode dont je ne suis pas très fier, mais qui me réjouit profondément. Nous l'appelons, avec Mona, « L'affaire du marcassin ».

J'avais remarqué qu'Ange, avant chaque devoir, plongeait subrepticement sa main dans son sac, l'y remuait un court instant, avant de s'emparer de son stylo. Il me semblait qu'il caressait quelque chose. J'ai cru apercevoir, une fois, une espèce de petite touffe brune, comme la tête d'un chaton. Ce malade transportait-il un animal innocent dans sa besace pour lui toucher le crâne avant chaque épreuve ? Les champions sont quelquefois superstitieux. Avais-je découvert son point faible ?

Il ne m'a pas été très difficile, à la récréation, de sortir le dernier et de sonder son cartable, d'une main preste. Bonne pioche. J'ai tout de suite trouvé une chose flasque et poilue que j'ai cachée sous mon pull. Pas de miaulement ni de griffure. Texture étrange, surface pelée.

Enfermé aux toilettes, j'ai pu examiner mon butin. Dans la lumière verdâtre, l'objet m'a fait tressaillir. Un œil chassieux s'est fixé sur moi. L'autre n'était plus qu'un trou d'où s'échappait une matière floconneuse. Malgré son oreille arrachée et les traces de lacération qui le défiguraient, j'ai reconnu un marcassin en peluche. Un très vieux marcassin. De ceux qu'on vous offre à la naissance et qui subissent ensuite toutes les tortures.

Ainsi, Ange ne se séparait jamais de son vieux compagnon. Il en avait besoin pour affronter les épreuves. Sans lui, il était perdu. Je le tenais.

J'aurais peut-être dû réfléchir davantage, avant d'utiliser ce moyen de pression. Ou consulter Mona. Si Ange ne s'était pas montré si arrogant, dans la cour, s'il ne m'avait pas gratifié de son sempiternel sourire, j'aurais certainement remis le doudou dans son sac. Mais ma curiosité diabolique a fini par l'emporter.

À l'heure suivante, nous avions un devoir sur table. Une rédaction. Ange était moins à l'aise avec les mots qu'avec les chiffres. Il aurait besoin d'un peu de magie. J'ai gardé le marcassin, pour voir.

De fait, à peine le sujet distribué (« Inventez un conte en respectant les quarante étapes du schéma narratif »), il a glissé la main dans son sac. J'observais cette main avec beaucoup d'intérêt. Elle paraissait vivante et autonome. Elle s'est d'abord rendue directement dans le fond du cartable, là où gisait habituellement la peluche. Rien. Affolement immédiat de la main qui s'est mise à fouiller partout, entre les cahiers, entre les classeurs, dans le fatras de feuilles et de crayons rongés. Rien. Elle est ressortie et Ange l'a regardée d'un drôle d'air, comme s'il l'interrogeait du regard. Puis, d'un bref hochement de tête, il l'a renvoyée dans les entrailles du cartable. Nouvelle fouille, plus complète et plus bruyante. La prof a froncé les sourcils. Tout le monde avait déjà commencé sa rédaction et atteint la deuxième étape du schéma narratif, l'événement perturbateur, après avoir soigneusement posé le cadre, décrit les lieux et mis en scène le héros (le plus souvent un jeune paysan pauvre et courageux qui, à l'étape dix-huit, s'avérerait être un prince enlevé au berceau par des brigands et élevé par des agriculteurs dévoués dont il ferait la fortune en épousant la princesse à l'étape vingt).

Ange n'avait toujours rien écrit. Sa main grattait les parois du sac. Un Rubik's Cube usé en est sorti, a roulé sur le sol, provoquant des soupirs exaspérés. Basile a semblé étonné de n'être pas responsable, pour une fois, de cette chute d'objet. Ange a tremblé. J'en avais maintenant la certitude : sans son marcassin, il n'était rien. Privé de ses pouvoirs. Bien sûr, il me suffisait de ne jamais le lui rendre pour le neutraliser définitivement, mais le diable m'a poussé à faire pire. J'ai brandi la peluche et, d'une voix forte, j'ai demandé :

– C'est ça que tu cherches, Ange ? Il est tombé de ton sac, tout à l'heure.

Tous les regards ont conflué vers l'objet. Ainsi exhibé, il paraissait plus laid encore. Une pauvre chose baveuse et quasiment démembrée.

J'étais curieux de savoir s'il oserait renier son

vieux compagnon. Il a hésité. De longues secondes de pur bonheur pour moi. Mais les forces obscures qui le reliaient à son fétiche ont été les plus puissantes. Peut-être s'est-il imaginé affronter la vie seul, sans le secours du petit animal. La panique a froissé ses traits. Il a tendu un bras tremblant vers le marcassin et je le lui ai rendu, avec un sourire obligeant.

La prof, d'un coup sec sur le bureau, a éteint les ricanements.

Ange s'est mis à écrire, très vite. Je suis sûr que, dans son conte, le prince passait un mauvais quart d'heure.

Quant à moi, je me suis fait un ennemi mortel.

24 septembre

Je suis dans une situation désespérée. Les événements se sont précipités.

Tout a commencé avec la préparation du concours.

Face-de-Rapace nous a annoncé qu'il avait coutume d'organiser chaque année un tournoi de mathématiques ouvert à tous les élèves du collège, et qui permettait de sélectionner le champion. Celui-ci se voyait alors couvert de louanges et de gloire. Une cérémonie était organisée en son honneur dans l'amphithéâtre du collège, et une banque partenaire lui ouvrait un compte sur lequel elle versait une somme qu'il toucherait à sa majorité. La plupart des anciens champions avaient mené de brillantes études. Ils occupaient des postes enviables dans les meilleures entreprises. Leurs noms figuraient dans la cour du collège, sur un tableau d'honneur.

Nous avions déjà entendu parler de ce concours mais, par superstition, aucun des élèves n'avait osé en parler, jusqu'à maintenant. Traditionnellement, seuls les plus brillants y participaient. Il était vain de s'y inscrire pour se ridiculiser. Mais, par souci démocratique, Face-de-Rapace entraînait loyalement tout le monde et n'excluait aucune candidature.

J'ai vu Mona et Ange se figer quand le vieux professeur, non sans solennité, a décrit les modalités de la joute. Elle comportait une seule épreuve, un problème concocté par Face-de-Rapace lui-même, pendant les longues heures estivales qu'il consacrait au trekking dans les Alpes. L'air des cimes stimulait son imagination. Il élaborait des histoires de robinets gouttant dans des baignoires fendues, de trains en retard, de vents contraires, de fuseaux horaires. Il truffait ses énoncés de fausses pistes et d'informations superflues. Il ne suffisait pas d'avoir un bon niveau en calcul ou en géométrie. Ses problèmes exigeaient de l'imagination, de la finesse, de l'intuition, de la prudence. Et pour départager les meilleurs, il prenait en compte l'élégance du raisonnement.

Face-de-Rapace avait les yeux brillants. Ceux de Mona, qui l'écoutait, rayonnaient carrément. Je m'étais douté qu'elle serait intéressée par le concours, pas qu'il la mettrait en transe. À cet instant, elle m'avait presque oublié. Ange lui a décoché un sourire fielleux. « Rêve, ma petite », semblait-il dire. «Tu le sais, tu obtiendras au mieux la deuxième place.»

Il avait raison.

Moi seul pouvais lui faire mordre la poussière, et il n'en était pas question.

À la récréation, je me suis efforcé de la consoler.

– Si Ange gagne, Face-de-Rapace l'enverra dans l'univers parallèle, avec les autres petits génies.

– Quel univers parallèle ? s'est enquis Basile, intéressé.

– C'est une idée de Mona. Un projet de roman…

Je n'ai pas eu le temps d'en révéler davantage. Elle s'est tournée vers moi, furibonde.

– Génial ! Tu sais garder un secret. J'apprécie.

Et elle s'est éloignée de nous, aussi vite qu'elle a pu, en précisant qu'elle se débrouillerait sans moi, dans l'ascenseur. Pour corser le tout, ma sœur est apparue (elle nous espionnait) et a pouffé, comme elle sait le faire, par le nez, avec la tête de Gollum.

– Il y a de l'eau dans le gaz ?

Basile lui a jeté un regard perplexe puis il est revenu à moi.

– Quel univers parallèle ?

Brusquement, la conjonction de toutes ces contrariétés m'a mis hors de moi. J'ai commencé à crier sur Basile. Il a hoché la tête. Une tête de victime exaspérante. J'ai dû aller assez loin dans la violence verbale pour retrouver un peu de calme. Je crois l'avoir traité de cerveau d'huître mais je n'en suis plus sûr. En tout cas, il a approuvé tristement et je me suis détesté. Il m'est toujours désagréable de m'apercevoir, au terme d'une enquête minutieuse, que je suis le seul responsable de mes problèmes.

Mais ce n'est pas le plus grave.

Après la récréation, une mauvaise surprise nous attendait. La prof d'histoire était absente et à sa place, au bureau, trônait Face-de-Rapace.

– Pas de panique ! Cette heure ne sera pas perdue. Je me suis porté volontaire pour m'occuper de vous. Par bonheur, j'ai toujours sur moi quelques batteries d'exercices en cas de coup dur. Au travail, je ramasse les copies dans cinquante-quatre minutes.

Il a distribué l'énoncé. Personne n'a protesté.

Et la catastrophe s'est produite. J'étais perturbé. Mona semblait m'en vouloir et c'était injuste. Basile paraissait m'avoir pardonné et c'était encore pire. Je ne me suis pas concentré, j'ai laissé mon esprit voguer sans retenue. Mes mains ont écrit toutes seules. Une partie de mon cerveau s'occupait des exercices, l'autre flottait quelque part dans des mondes brumeux. J'ai repensé à la chambre de Mona comme à un royaume dont les portes se seraient à jamais refermées. J'ai imaginé Mona bébé, née trop tôt, avec ses jambes minuscules. Et Face-de-Rapace ?

À quoi pouvait-il ressembler en couches-culottes ? Je me suis demandé si ces dernières existaient déjà, quand il est venu au monde. Peut-être avait-il été ligoté dans des espèces de bandelettes, comme les nouveau-nés du Moyen Âge que j'avais vus dans des tableaux, au musée du Louvre, la fois où je n'avais pas eu le droit d'accompagner Héloïse au parc Astérix.

Tout à mes rêveries, je n'ai pas vu passer l'heure. Et je n'ai pris conscience du désastre qu'en rendant ma copie.

J'avais fourni les réponses exactes.

J'avais déjoué machinalement tous les pièges tendus par Face-de-Rapace, alors que son devoir, particulièrement retors, était destiné à décourager les présomptueux qui envisageaient de s'inscrire au concours sans en avoir le niveau.

Un seul moment de relâchement venait de me trahir.

J'ai écarquillé les yeux, tandis que ma copie rejoignait les autres, dans la serre de notre tortionnaire. Par bonheur, il n'avait pas eu la curiosité d'y jeter un coup d'œil au passage. Me concernant, son opinion était faite depuis longtemps. Je me suis mis à suer. Comble d'horreur, Mona m'a souri timidement. Le message était clair : elle se reprochait de s'être emportée, tout à l'heure, et allait me présenter des excuses. Si bien que, quand Face-de-Rapace rendrait les copies, révélant ma félonie, je n'aurais même pas la consolation d'être déjà définitivement brouillé avec elle.

Tant d'efforts pour rien. Ma nullité réduite à néant.

Mon avenir m'est apparu dans toute son horreur, sinistre comme un radis desséché dans la lumière crue du réfrigérateur. J'allais me réconcilier avec mes parents. Ils reviendraient sur tous les menus avantages qu'ils m'avaient concédés. Les écrans s'éteindraient à jamais. Je n'aurais plus qu'à gravir tristement les échelons monotones de la réussite. Et Mona me haïrait.

Non !

Il me restait une chance. Minuscule.

En toute hâte, j'ai sorti une nouvelle copie, où j'ai griffonné quelques calculs aberrants. Je devais absolument trouver un moyen de la substituer à l'autre. Le coup était jouable. Nous devions nous rendre à la cantine, et je savais que Face-de-Rapace demeurerait dans la classe pour corriger nos devoirs. Ce vampire carburait à l'encre rouge. Il ne se nourrissait pas autrement.

– J'ai besoin d'aide, ai-je murmuré à l'oreille de Basile en me levant.

Son visage s'est illuminé. Basile adore aider les gens, mais personne ne lui demande jamais rien.

– Pose des questions à Face-de-Rapace.

– Des questions ? Sur quoi ?

– Sur... sur les nuages.

Nous avons laissé sortir tout le monde. Mona a paru étonnée que je ne la suive pas mais elle n'a rien dit. Face-de-Rapace a posé soigneusement le tas de copies à l'angle du bureau, impatient de s'y attaquer. Son vieux pardessus verdâtre, jeté sur le dossier du fauteuil, donnait, par contraste, une impression de négligence et de relâchement.

Très concentré, Basile s'est approché des fenêtres. Surpris, le professeur a tourné la tête vers lui en fronçant les sourcils. Une goutte de sueur a coulé le long de ma pomme d'Adam, comme je m'approchais du bureau, avec un détachement feint.

– Qu'est-ce qui se passe, Basile ? Vous avez vu une soucoupe volante ?

Basile m'a adressé un bref regard, comme pour me demander mon avis : la soucoupe volante était peut-être une bonne idée, après tout ? Mais j'ai hoché négativement la tête : qu'il s'en tienne aux nuages, son domaine.

– Je me demandais, m'sieur, vous vous y connaissez en cumulonimbus ?

Face-de-Rapace a hésité, soupesant l'éventualité d'un canular. J'étais peut-être en train de filmer la scène avec mon téléphone portable. Hypothèse peu vraisemblable. Il était tout de même en présence des deux crétins de la classe et il ne nous supposait pas assez de jugeote pour ourdir un plan. Un élève un peu simplet voulait juste lui poser des questions sur les cumulonimbus, parce qu'il s'imaginait qu'un prof de maths avait des compétences sur tous les sujets scientifiques. Et un autre élève, non moins simplet, attendait son copain.

– Les nuages, a-t-il éludé, sont des énigmes fascinantes.

Il me tournait le dos. Il fallait agir maintenant.

D'une main tremblante, j'ai compulsé le paquet de feuilles. La mienne se trouvait dans le dernier tiers de la pile. La sueur, à présent, me coulait dans les yeux, brouillant les noms.

– Le gros, là-bas, demandait Basile, c'en est un, selon vous ? Je ne sais pas si son sommet est assez bourgeonnant.

J'ai vu passer sous mes doigts la copie de Mona. Son écriture parfaite. Les points bien ronds sur les i. Dans ma main gauche, je serrais très fort mon faux devoir. Enfin, j'ai trouvé ma feuille. Je l'ai attrapée par le coin et ai commencé à tirer délicatement, mais celle d'Ange venait avec, paraissant s'y agripper et demander des renforts.

– Curieux que vous ayez tant de difficultés, a observé Face-de-Rapace. Vous semblez doté d'une véritable curiosité scientifique.

Un silence s'est installé. Basile était à court

d'inspiration. Je ne lui avais pas expliqué mon plan, ni indiqué combien de temps il me fallait. Pour mon malheur, il s'est tourné vers moi, une fraction de seconde. En me voyant glisser une copie dans le paquet tout en en chiffonnant une autre, il a haussé les sourcils. Le regard du prof s'est accroché au sien et, mû par un sixième sens tout professionnel, il a amorcé une volte-face.

La suite s'est déroulée dans un ralenti de cauchemar. Celui qui accompagne, je pense, les accidents graves, le fameux moment où toute notre vie défile, avant le grand plongeon.

J'avais presque réussi. La substitution était effectuée. Il ne restait plus qu'à tapoter le tas, pour effacer toute trace de mon forfait. Quelques secondes supplémentaires auraient suffi. Hélas, il allait immédiatement repérer l'anomalie, le paquet défait.

J'ignore comment l'idée m'est venue. Ce n'était pas une idée. Une impulsion. La stratégie du pire. J'ai plongé en avant, vers le pardessus verdâtre sur le dos du fauteuil, bousculant les copies au passage. J'ai fouillé dans la poche intérieure.

Ma main a rencontré quelque chose. Un paquet de cigarettes. J'en ai attrapé une, je l'ai glissée dans ma bouche.

Quand Face-de-Rapace s'est complètement retourné, il m'a vu, échevelé, une cigarette au coin des lèvres, les copies éparpillées sur le bureau. Il lui a fallu presque une minute pour articuler :

– Attendez. Vous… vous êtes en train de me piquer une cigarette pendant que votre copain détourne mon attention sur les cumulonimbus ?

J'ai hoché la tête.

J'étais sauvé. Il ne s'occupait absolument plus des devoirs.

– Tout est de ma faute, a affirmé Basile.

25 septembre

Mon père s'est chargé du sermon. Ma mère a perdu l'usage de la parole quand le collège l'a appelée pour l'informer de mes derniers exploits. J'étais là : je l'ai vue ouvrir la bouche, d'où rien n'est sorti, avant de reposer le combiné, d'envoyer un texto à mon père et de monter dans sa chambre où elle se trouve toujours, à l'heure actuelle.

Mon père est rentré tôt, le front barré de son fameux pli des mauvais jours, les lèvres tendues comme s'il embrassait une vitre sale à contrecœur.

– Je ne comprends pas, a-t-il précisé, que tu aies recouru à un stratagème aussi grotesque pour te procurer des cigarettes.

Il paraissait consterné par ma maladresse. Lui-même, dans son jeune temps, s'était probablement montré plus habile pour atteindre le même objectif, mais il n'avait pas le droit de me le raconter. Si j'étais sur la voie de l'échec scolaire, donc de la délinquance et du trafic de drogue, il allait falloir que je sois un peu plus dégourdi pour affronter les mafieux, plus tard.

– Je suis désolé, ai-je avoué.

Il a secoué la tête.

– Ta mère et moi, a-t-il hurlé, nous t'aimons !

J'ai sursauté et acquiescé. Il a paru soulagé d'avoir clarifié cette question. Je n'ai pas répondu : « Moi aussi », mais je l'ai pensé. De toute façon, ce n'était pas le problème.

– Viens avec moi, a-t-il ordonné.

Il m'a fait asseoir devant son ordinateur. Une machine archaïque, du début des années 2010, avec unité centrale et souris. Puis il a lancé un documentaire médical sur les ravages du tabac. Nous avons regardé ensemble, sans desserrer les dents, des organes détériorés, des blouses blanches, des yeux rouges. Nous avons écouté des toux.

– Voilà.

Il m'a fixé très longuement. J'ai soutenu son regard puis baissé les yeux.

– Je ne veux plus jamais entendre parler de cigarettes, a-t-il conclu.

Puis il a répété « jamais », decrescendo, en montant l'escalier pour aller voir maman.

Je m'en suis tiré à bon compte. La direction du collège a étouffé l'affaire. J'ai échappé au conseil de discipline. Face-de-Rapace n'a pas tenu compte des allégations de Basile, qui tenait à endosser la moitié des torts. On m'a infligé quelques travaux d'intérêt général. J'ai aidé un agent d'entretien à balayer la cour. J'étais un peu gêné qu'on considère son métier comme une punition, mais il n'en a pas pris ombrage. Au contraire, il semblait heureux d'avoir de la compagnie. Il s'aidait d'une longue pince articulée pour saisir délicatement les papiers gras et les chewing-gums, qu'il expédiait d'un coup sec dans une grande poubelle roulante. Au bout d'un moment, je me suis contenté de le suivre en l'écoutant me raconter sa vie. De temps en temps, je jetais un coup d'œil vers les fenêtres des classes. Le ciel s'y reflétait. Il faisait doux, je n'étais pas mécontent d'échapper un peu au confinement.

Peu à peu, bercé par la voix grave de l'agent d'entretien, j'ai senti naître en moi une idée.

Une solution, peut-être, pour me tirer d'affaire en conciliant tous les avantages de ma situation.

Un plan si simple que je m'en suis voulu de ne pas y avoir songé plus tôt. J'avais juste eu besoin d'un léger changement de perspective.

J'allais faire des progrès.

Tout à coup, les cours de maths de Mona se mettraient à porter leurs fruits. Il y aurait un déclic. Comme si son attention patiente avait déverrouillé en moi quelque chose. Je réussirais une équation, puis une autre. Les tables s'imprimeraient sans mal dans ma mémoire. Je poserais des questions intelligentes qui la surprendraient. Je lui dirais : « Le concours me motive. » Ou, plus simplement : « C'est grâce à toi, je crois. » En baissant suffisamment la voix pour qu'elle sente toute mon émotion contenue. À force d'être fière d'elle, elle serait très vite complètement folle de moi.

Ensuite, eh bien, je n'aurais plus qu'à battre Ange à plate couture, au moment du concours.

On s'extasierait sur mes progrès. Mes parents seraient tellement soulagés qu'ils n'oseraient plus me priver de vie normale, de peur de me voir rechuter. Ce dont je ne manquerais pas de les menacer, à la moindre tentative de leur part.

J'étais si content que j'ai poussé un petit gloussement.

– Le bon air te réussit, m'a dit l'agent d'entretien en grattant une gaufrette à la fraise, écrasée sous un banc.

Je l'ai reconnue. Basile l'avait fait tomber là trois jours plus tôt.

27 septembre

Je cerne mieux mon problème, maintenant : j'ai de bonnes idées, mais je les gâche.

Au début, pourtant, mon plan s'est parfaitement déroulé. Je suis allé trouver Face-de-Rapace. Je lui ai présenté des excuses. J'ai dit que j'avais compris mon erreur. Je lui ai parlé des poumons carbonisés, dans la vidéo de papa, ce qui l'a rendu un peu nerveux, mais il a accepté mes justifications. Puis je lui ai annoncé mon intention de m'inscrire au concours.

– Je ne peux pas t'en empêcher, a-t-il concédé en sortant son stylo-plume pour noter mon nom sur le formulaire. Mais je te mets en garde. Les mathématiques n'ont pas l'air d'être ton domaine. Je ne te le reproche pas. Nous avons tous nos points forts. Par exemple, il m'a semblé te voir t'épanouir, l'autre jour, dans la cour, en compagnie de Jean-Michel. Peut-être qu'une filière professionnelle te conviendrait davantage.

– Non, ai-je répondu, avec une modestie obstinée. Je prends des cours avec… une amie.

Cette explication lui a déplu, mais il n'a pas insisté. J'ai signé le formulaire.

Entre-temps, je m'étais réconcilié avec Mona. Ça n'avait pas été trop difficile. Elle s'en voulait de son éclat au point de se tenir pour responsable de mon geste fou et de ma punition. Je ne l'ai pas détrompée. Il est bon que les filles se sentent un peu coupables à notre égard. Je l'ai remarqué plusieurs fois.

– Si tu veux, a-t-elle proposé, on s'y remet samedi.

Et les portes de sa chambre se sont rouvertes.

Enfin, la porte. Je ne sais pas pourquoi on met des pluriels partout quand on est content.

En tout cas, j'ai commencé à mettre en œuvre ma métamorphose. Direct, en arrivant, j'ai récité la table de neuf et le théorème de Pythagore, en prenant soin d'y glisser une ou deux erreurs pour ne pas éveiller ses soupçons. Le mensonge requiert une concentration absolue, je l'avais constaté à mes dépens.

Mona n'y a vu que du feu. Sa poitrine s'est soulevée au fil de ma récitation et elle ne s'est autorisée à respirer qu'à la fin. Beau spectacle. Elle a corrigé mes fautes en souriant et m'a avoué qu'elle aussi, autrefois, elle avait eu un peu de mal avec huit fois neuf. Nous nous sommes tus.

– Je suis hypermotivé, ai-je annoncé. Balance un exercice.

Et, jusqu'à sept heures du soir, nous avons enchaîné les équations, calculé des dérivées, tracé des graphes. Je n'avais pas passé une après-midi aussi romantique depuis bien longtemps. Nous n'avons même pas pensé à goûter.

– Tu m'impressionnes, a conclu Mona quand ma mère est venue me chercher.

Depuis l'affaire de la cigarette, maman est vraiment fragile. Elle sursaute à chaque sonnerie du téléphone et a développé un début de phobie vis-à-vis de sa messagerie, craignant d'y voir apparaître un message du collège. Lorsque je lui avais fait part de mes bonnes résolutions, elle s'était mise à pleurer, ce qui avait beaucoup énervé Héloïse, mais on ne peut pas toujours tout gérer. Il faut l'avouer, tout le monde est un peu sur les nerfs à cause de moi. Il faut le reconnaître, j'adore ça.

Quand Mona a montré à maman les feuilles que nous avions, ensemble, couvertes de chiffres, elle a failli encore éclater en sanglots, mais elle s'est contenue et a juste demandé à conserver l'un des brouillons, comme une relique. J'y ai consenti, en haussant les épaules.

J'ai vraiment cru que tout allait se dérouler comme je l'avais prévu. Ma mère était très heureuse et nous sommes allés en famille à la crêperie, le samedi soir. J'ai pu prendre la galette à l'andouillette ce qui, dans l'univers de mes parents, équivaut à sacrifier un nouveau-né à Belzébuth. Mon père a bu du cidre et s'est mis à raconter des blagues qui ont indisposé ma mère. Je ne me suis pas assez méfié d'Héloïse. Elle faisait la tête. Je savais pourquoi. Elle avait prévu de rejoindre Hippolyte et de faire un tour en scooter. J'ai commis l'erreur de me moquer un peu d'elle, de faire des allusions à son amoureux. Rien de méchant, mais elle l'a très mal pris. Sans vouloir dire du mal, les filles ont un sale caractère. Elles détestent être trahies. Cela rend notre vie difficile.

– Nous cacherais-tu quelque chose, Héloïse ? a demandé papa avec un sourire idiot, en louchant sur son cidre.

Elle n'a rien répondu et a refusé de continuer à manger. J'ai dû finir sa crêpe à la crème de marrons, à peine entamée, et je me suis senti un peu mal.

Mais je ne m'attendais pas à ce qui m'est tombé dessus, le soir même. J'allais m'enfermer dans ma chambre pour échanger quelques messages avec Mona. Depuis mon inscription au concours, j'ai le droit d'avoir une boîte mail et de l'utiliser pour envoyer des exercices à la fille de mes rêves. Elle me les corrige aussitôt. Mon cœur bat bêtement quand je découvre les énoncés qu'elle a préparés pour moi. Les nombres me paraissent plus suggestifs que des mots d'amour. J'adore la rondeur des zéros. Notre idylle est chiffrée. De toute façon, je suis trop sentimental.

En CM1, j'étais tombé amoureux fou d'Alizée Cordillon, qui se passionnait pour les insectes. Et je trouvais que les mouches avaient de beaux yeux.

Héloïse ne m'a pas accordé le loisir de rêver devant l'écran. Elle m'a suivi dans ma chambre et s'est mise à me tenir des propos abominables.

Au fond, elle ne m'avait pas pardonné de m'être moqué du prénom ridicule de son copain.

Elle m'a traité d'hypocrite, de manipulateur, de faux jeton, de lâche. « Et en plus, a-t-elle ajouté, tu t'habilles n'importe comment. »

Sur ce dernier point, elle a exagéré. Depuis Mona, j'ai presque toujours des chaussettes de la même couleur.

Comme je trouvais que, pour le reste, elle n'avait pas complètement tort, je l'ai laissée parler. J'ai eu tort. Mon silence et mes yeux baissés l'ont mise hors d'elle. Sans compter que, tout en l'écoutant, j'ouvrais ma messagerie, pressé de voir si Mona m'avait envoyé quelque chose.

J'avais trois nouveaux messages d'elle.

Je ne risquais pas d'en recevoir de quelqu'un

d'autre puisque mon carnet d'adresses ne comporte que son nom. Pourquoi n'avais-je pas eu la patience d'attendre un peu ? La vue de ma boîte aux lettres a décuplé la rage d'Héloïse, qui s'est mise à ricaner.

– Oh, ta petite boiteuse qui t'écrit ! Trop mignon !

Là, j'ai mesuré à quel point elle était en colère, parce qu'Héloïse ne s'attaquait jamais au physique des gens, habituellement. D'ailleurs, l'horreur qu'elle venait de proférer a paru doucher sa fureur, mais c'était trop tard. Désormais, j'étais l'offensé, et elle allait payer. J'ai réfléchi très vite pour trouver la pire vengeance possible. Elle m'a fourni une occasion inespérée.

– Bon, salut, a-t-elle dit en se levant. J'ai à faire.

Elle a ouvert la fenêtre et, en deux bonds, s'est retrouvée dehors. Sur la placette où commence la zone pavillonnaire, j'ai vu s'allumer le phare d'un scooter.

J'ai refermé la fenêtre.

«Ta petite boiteuse.»

Une part de moi trouvait la formule mignonne, en effet. Pas assez pour me calmer.

Je suis sorti de ma chambre pour aller frapper à la porte de celle de mes parents, qui s'étaient couchés tout de suite après le restaurant. Ils lisaient tous les deux, côte à côte, dans le lit. J'ai dit, d'une petite voix :

– Héloïse vient de sortir par la fenêtre pour rejoindre son copain.

Maintenant, bien sûr, je regrette. Mon père s'est rhabillé à toute vitesse. Il patrouille dans le quartier en voiture pour retrouver Héloïse. Moi, je consigne tous ces événements dans mon journal. De toute façon, je n'arriverai pas à dormir.

Je n'ai même pas osé ouvrir les messages de Mona.

29 septembre

Catastrophe est trop faible. Je traverse une apocalypse.

Héloïse a volé mon journal.

Je la comprends presque. Mon père l'a retrouvée facilement, avant-hier soir. Elle était en train d'embrasser Hippolyte devant le gymnase municipal. Il l'a attrapée par le col et l'a jetée dans la voiture, sans un mot. Tout le monde fait n'importe quoi, en ce moment. Papa est l'être le moins violent du monde. Pour ne pas effectuer son service militaire, il a accepté de travailler deux ans dans une garderie. Depuis, il fait des cauchemars. Eh bien, quand il a vu sa fille dans les bras d'Hippolyte, il s'est rué sur elle comme un jaguar sur un pécari. Ensuite, le jaguar tue directement sa victime d'un seul coup de dents, grâce à sa mâchoire puissante. Papa s'est contenté de la pousser dans la voiture et de claquer la portière.

Hippolyte n'a pas demandé son reste. Papa a raconté vingt fois les détails à maman. J'écoutais tout, l'oreille collée à la porte de leur chambre, pendant qu'Héloïse pleurait dans la sienne.

Ma sœur a subi une bonne demi-heure de cris. Mes parents se sont vengés sur elle. De moi, d'eux, de tout. J'ai eu du mal à digérer mes crêpes. Vers minuit, tout s'est apaisé. Le dimanche a été trompeusement calme, mais ce matin, ma sœur a prétendu être malade et voulait rester au lit. Mes parents ont fini par céder. J'ai eu des soupçons quand je l'ai vue arriver au collège, en début d'après-midi. Elle souriait.

– Déjà guérie ? lui ai-je lancé pour faire croire qu'elle ne m'impressionnait pas.

Elle n'a pas répondu, mais son sourire s'est accentué.

Rongé par un pressentiment, j'ai passé une journée horrible.

Et en rentrant à la maison j'ai trouvé, à la place de mon journal, ce petit mot :

« Intéressante lecture ! J'ai confié ce document à quelqu'un qui en prendra connaissance avec beaucoup d'attention, j'en suis sûre. »

Alors, quand je dis apocalypse, je n'exagère pas.

J'ai été incapable de réagir. Absolument incapable. Je n'arrivais même plus à penser.

Naturellement, j'ai envisagé de faire mon baluchon pour filer en Sibérie, afin d'y finir mes jours. Et puis, mécaniquement, j'ai commencé un nouveau journal.

L'écriture est devenue ma seule façon de mettre un peu d'ordre dans mon esprit. D'essayer de reprendre pied.

Héloïse avait commis le pire des crimes : donner mon journal à Mona.

Mona qui m'avait aimé autant qu'elle haïssait le mensonge.

Mais, vers huit heures du soir, j'ai reçu d'elle quatre exercices par mail, accompagnés d'un petit message adorable.

Inenvisageable, si elle avait lu mon histoire. Donc, elle ne l'avait pas lue, ou bien…

Ou bien Héloïse m'avait mené en bateau.

Elle avait voulu me faire peur, mais elle n'était pas si méchante. La pièce à conviction se trouvait toujours dans sa chambre.

Je m'y suis précipité, grésillant d'espoir. J'avais décidé de ne plus lui adresser la parole jusqu'au moment de son agonie dans quatre-vingts ans, quand je lui annoncerais que je lui refusais mon pardon.

– Allez, ai-je demandé d'un ton détaché. Rends-le-moi.

Son horrible rictus est réapparu.

– Mais je l'ai donné, je te dis !

– Tu mens. Mona m'a écrit.

– Mona ? Qui te parle de Mona ?

Instantanément, une sueur glaciale a coulé dans mon dos.

– Ton copain Ange a paru ravi quand je lui ai confié le récit de ta petite vie. Surtout quand je lui ai dit qu'il y était beaucoup question de lui.

2 octobre

Il y a maintenant quatre jours qu'Ange détient mon journal.

Il ne s'est toujours rien passé.

Moi, je consacre mes heures, mes minutes, à tenter de me remémorer ce que j'y ai écrit. Sur lui, sur moi, sur Mona. Je l'imagine se délectant de mes confessions. Ce flot de confidences ! Comment ai-je pu tant parler, moi, le spécialiste du silence ? Avouer si sincèrement tous mes mensonges ?

Quand son regard croise le mien, je reçois une décharge électrique. Une vraie décharge, accompagnée de tremblements, hérissement des poils et battements de cœur. Un peu comme quand Mona me parle. Ensuite, il sourit et son sourire est l'équivalent, disons, d'un long crissement d'ongle sur le tableau noir. Il sourit, rien de plus.

Il me tient.

J'ai attaqué le problème de toutes les façons possibles : il n'y a aucune solution. Il peut me griller auprès de Mona, de mes parents, de Face-de-Rapace. Même si je le devance en avouant tout, je suis perdu, détruit, ridiculisé.

Je respire à peine, au bord de l'apnée. Je marche à petits pas, je parle bas. Mona s'inquiète. Mes parents ont repris rendez-vous avec la psychologue.

Au début, j'ai pensé tout lui révéler, à elle. Son métier consiste à comprendre les grands malades mentaux dans mon genre. Mais je me suis contenté de pousser des soupirs, de me gratter, de regarder dehors. Elle a tout noté dans son carnet. Puis elle a conseillé à mes parents de m'accorder encore plus de liberté. Je traversais, selon elle, une phase délicate, au cours de laquelle j'apprenais à affronter seul le monde. Sans guide.

Elle n'avait pas tort, au fond.

Maman m'a demandé si je préférais un banana split ou un fondant au chocolat pour le dessert. J'ai éclaté en sanglots.

En fait, je ne peux pas réfléchir correctement. Je passe mon temps à chasser les pensées de mon esprit. Celle, par exemple, qu'Héloïse aussi a lu mon journal. La plus insupportable. J'oppose à ma sœur un silence si intense et si compact qu'elle a peur de moi. Il faut dire que je ressemble de plus en plus au fils caché de Dracula. J'ai les lèvres craquelées, le teint verdâtre, les yeux bouffis. Je cligne des yeux à la lumière comme quelqu'un qu'on viendrait de sortir brutalement du cercueil où il sommeillait.

Héloïse a des remords, c'est déjà ça. Dès le lendemain de son forfait, elle a voulu s'excuser, mais il existe des crimes irréparables. Héloïse, si tu voles aussi mon journal actuel, sache-le, je te hais pour l'éternité.

Pourquoi Ange n'agit-il pas ?

La réponse se lit sur mon visage. Je suis détruit. En ruine. Un adversaire à terre, avant même de combattre. La date du concours approche. Il ne craint pas d'être vaincu. Il étale sa suffisance. Il ricane.

Basile, depuis l'épisode de la copie, ne me

quitte plus. Comme si nous avions échangé notre sang en nous jurant une fidélité éternelle. Il ne s'étonne pas de mon silence. De temps en temps, avec un petit clin d'œil, il mime le geste de porter une cigarette à ses lèvres.

Mona redouble d'attention pour moi. Curieusement, le seul langage qui me reste, ce sont les chiffres. Les mots me font trop peur. Alors j'aligne les calculs. Mes progrès la stupéfient. Je lui ai juste demandé de n'en parler à personne. « C'est notre secret », lui ai-je intimé. Et, pour l'instant, elle s'en contente. Elle doit m'imaginer travaillant jour et nuit, pour elle. Mes efforts expliquent à ses yeux mon teint de croque-mort. Nous passons des heures dans sa chambre. Mes parents s'inquiètent maintenant de cet acharnement à progresser. Ils voudraient que je m'aère. Papa a acheté la dernière version d'un jeu de guerre.

Enfin, tout à l'heure, à la récréation, Ange m'a annoncé qu'il me dicterait « ses conditions » demain matin.

Ses conditions.

À quoi dois-je m'attendre ?

A-t-il décidé de me rendre mon journal en échange de quelque chose ? Je vais consacrer mes prochaines insomnies à imaginer quoi. Et s'il envoyait mon histoire à un magazine ? À un éditeur ?

En rentrant du collège, je me suis surpris à scruter la une des gazettes à scandale, craignant d'y voir une photo de mes parents, prise au téléobjectif, floue, montrant leurs visages graves et affaissés sous le titre : « Une famille heureuse détruite par un enfant dénaturé ».

Non. Trop long.

Ils trouveront pire.

3 octobre

Je sais ce qu'il attend de moi. Rien de bien surprenant. Le premier point, bien sûr, concerne le concours. Il désire me voir échouer. Si je tente de jouer la grande scène du nul sauvé par l'amour, il fait lire mon journal à Mona. Plus sophistiqué : il m'interdit de venir au secours de ma bien-aimée quand il la crible de piques et de moqueries.

De fait, à la récréation, il ne s'est pas fait faute d'accabler Mona, histoire de bien la démoraliser, à l'approche du concours. Quolibets, persiflages, sarcasmes, moues sarcastiques et sourires malveillants, il a sorti toute son artillerie. Au moment où j'ai failli voler au secours de mon amie, il a sorti son marcassin et a posé un bisou sur son front dégarni. J'ai ravalé ma rage.

Cette histoire de peluche, d'ailleurs, s'est retournée contre moi. Ange a choisi d'assumer. Et comme il est plutôt populaire, chacun a apporté son petit compagnon. La classe est devenue un musée des horreurs : animaux dépaillés, pantins loqueteux, poupées en haillons, la nouvelle mode est d'exhiber son doudou.

Face-de-Rapace fait monter la pression liée au concours. Il nous jette en pâture des exercices infaisables. Je les résous mentalement, pour m'occuper l'esprit. Ma maigre consolation est d'inscrire le résultat sur une feuille de brouillon que je montre, de loin, à Ange, tandis qu'il en est encore à déchiffrer l'énoncé. Je parviens à le déconcentrer un peu. Au moins, il ne m'arrive pas à la cheville et il le sait. Mais je paie mes impertinences au centuple. Mona en fait les frais.

– Et si jamais tu réussis à me faire perdre mes moyens, d'une façon ou d'une autre, le jour du concours, a-t-il précisé, je lui fais lire ton journal.

J'ai fini par renoncer à le défier. Je reste assis à ma place, les yeux dans le vague. Ce soir, je n'ai presque rien mangé. Mes parents envisagent sérieusement de m'offrir une semaine à New York.

Je viens d'échanger quelques mails avec Mona.

Heureusement que je t'ai, m'écrit-elle. Tu me consoles de tout. Toi, au moins, tu te bats contre l'injustice du monde. Tu es vraiment quelqu'un de bien. Ci-joint, un exercice sur les algorithmes.

Comme j'allais répondre, j'ai perçu un souffle sur ma nuque. Je me suis retourné. Héloïse se tenait derrière moi. Elle achevait de lire le message de Mona et remuait la tête, comme une vache.

– Elle est mimi, a-t-elle commenté.

J'ai refermé le portable de toutes mes forces. Sur l'ongle de mon majeur gauche. Je n'ai pas hurlé. Je progresse.

– Tu lis mon courrier ? ai-je murmuré, quand j'ai eu retrouvé l'usage de la parole.

– Pardon. Depuis… ton journal. J'ai pris l'habitude.

Avant que mes neurones aient eu le temps de se reconnecter, elle a ajouté :

– Ben oui. Je trouvais ton histoire intéressante, en fait. Tes confidences me manquent.

J'ai scruté son visage. Elle était sincère. Et embêtée, aussi.

– Mes confidences ?

Elle a haussé les épaules.

– On se connaît pas si bien. C'était la première fois que tu me disais des choses sincères.

– Que je TE disais ? Je rêve !

Nouveau haussement.

– Non. Exact. Tu ne t'adressais pas à moi. À moi, tu ne racontes jamais rien.

Je me suis appuyé sur les yeux.

– Attends une minute. Je devrais te raconter des choses ? À toi ? Tu as la moindre idée de ce que tu m'as fait ? Et à Mona ? Mona que tu trouves « mimi » !

J'ai dessiné de gros guillemets dégoûtés avec les doigts.

– Tu m'avais balancée aux parents. Maintenant je regrette, voilà.

– Très bien. Parfait. Tu as des remords, donc tu es presque accessible à des sentiments humains. Il te manque encore l'intelligence pour te différencier des animaux. Maintenant, sors. J'ai à faire.

Elle n'est pas sortie. Elle ne s'est pas énervée.

– Nils, je veux t'aider, tu comprends ?

– Oui.

– Tu acceptes ?

– Non.

Elle a fini par partir, en soupirant.

J'ai rouvert mon ordinateur portable et découvert un nouveau mail, inquiet, de Mona :

Tu vas bien ? Tu es sûr ?

Je me suis aperçu qu'au moment où j'avais refermé brutalement la machine sur mon doigt, un message s'était composé et expédié tout seul. Il disait : qsdlkfjà.

Ce qui résumait plutôt bien le contenu de mes pensées.

7 novembre

J'ai laissé passer tout ce temps, parce que je n'avais plus le courage de tenir la chronique de ma déconfiture. J'étais vaincu, voilà tout. Certes, ma vie matérielle s'était améliorée. Mais même regarder des films d'épouvante jusqu'à deux heures du matin en engloutissant des *donuts* ne me consolait pas.

Et puis le jour du concours est arrivé.

J'avais envisagé de me désister, mais Ange tenait à ce que mon humiliation soit totale.

– Tu t'es inscrit, tu participes, mon pote. Et tu foires dans les grandes largeurs.

Nous étions une petite dizaine, dans la salle d'examen, spécialement préparée pour le concours. Nous disposions de grandes copies officielles et de feuilles de brouillon réglementaires. Le principal du collège s'est fendu d'un petit discours, avant la distribution du sujet. Il y avait même un journaliste qui nous a pris en photo avant de s'éclipser. Il n'avait pas l'air à l'aise dans les locaux, qui lui rappelaient probablement de mauvais souvenirs.

Ange et Mona m'ont adressé chacun un sourire. Face-de-Rapace a descellé l'enveloppe et le principal en personne a procédé à la distribution. Ensuite, il a noté au tableau l'heure à laquelle nous devions rendre nos copies puis nous a souhaité bon courage avant de nous abandonner à son tour.

J'ai lu l'énoncé.

Un problème magnifique, il faut l'avouer. Un véritable roman. Une histoire d'infiltration de sources dans des grottes souterraines. Un spéléologue prisonnier d'une caverne. Des volumes d'oxygène, le poids du sac à dos, l'autonomie de la lampe torche. J'ai adoré.

Tellement qu'une fois de plus la décision s'est prise malgré moi.

J'ai oublié les enjeux, les mensonges, le journal. Ou plutôt, je les ai repoussés loin de moi. Je suis parti à l'aventure, dans la grotte, dans le dédale des chiffres, dans le labyrinthe infernal constitué par l'esprit tordu de Face-de-Rapace.

Mon cerveau s'est mis en marche. Ma main a attrapé le stylo. Je me suis senti extraordinairement bien. Soulagé. Libre.

Quand j'ai relevé la tête, le temps imparti était presque écoulé. J'avais tout résolu, y compris les questions bonus. Pas de rature. Style sobre, raisonnement fluide. Je m'étais même fendu d'un ou deux commentaires pour approfondir les réflexions soulevées par le problème.

Ange dégoulinait. Mona croquait une pomme. Quand Face-de-Rapace nous a ordonné de poser nos stylos, elle a abrégé une phrase, à regret. Elle n'avait pas eu le temps de terminer.

– Je corrige dans la journée, a rappelé le prof. Vous aurez les résultats dès ce soir.

Telle est la tradition. Il s'isole dans une salle spéciale et n'en ressort qu'en fin de journée, quand tous les devoirs ont été passés au crible, soupesés, évalués, départagés. Dans la cour, la nervosité a gagné progressivement tout le monde. On parlait bas, on humait l'air, on jetait des coups d'œil à la fenêtre derrière laquelle le Maître œuvrait.

En fin d'après-midi, les grilles se sont ouvertes pour laisser entrer les parents des concurrents. Ils ont convergé vers l'auditorium où les ont rejoints, une à une, toutes les classes, cornaquées par leur professeur. Les minutes s'égrenaient et je mesurais la gravité de mon acte. Certes, Ange allait connaître le pire camouflet de sa vie. Il finirait deuxième. Et Mona prendrait sa revanche. Mais elle était trop intelligente pour imaginer que ses leçons auraient suffi à faire de moi un champion. Pour me consoler, j'ai imaginé quelqu'un, un jour, retrouvant mon journal, prenant conscience de mon héroïsme et en tirant un film à gros budget. Pour passer le temps, j'ai essayé d'imaginer le casting.

Juste avant cinq heures, comme je m'acheminais à mon tour, la mort dans l'âme, vers l'amphithéâtre, avec les autres concurrents, j'ai vu y entrer un grand homme en costume, accompagné par le principal en personne.

– Voilà Antonin Arnoux, m'a chuchoté Mona.

Un génie des maths. Il a été le premier à remporter le concours, il y a vingt ans. Depuis, il est devenu chercheur et donne des conférences dans le monde entier. Mais il tient à revenir ici chaque année pour assister à la cérémonie. Il remettra les copies aux participants.

J'ai commencé à manquer d'air. Ange m'a jeté un regard en coin, comme s'il se doutait de quelque chose. Il y avait probablement des situations pires que la mienne. L'avant-veille, j'avais regardé un reportage sur les abattoirs, avec papa.

Nous avons pris place au premier rang. L'auditorium était bondé. Il s'agit d'un vaste édifice pouvant contenir, dans les grandes occasions, tous les élèves du collège. Sur l'estrade, une longue table avait été dressée et revêtue d'une nappe blanche. Jean-Michel, l'agent de service, m'a fait un petit signe et sa présence m'a presque réconforté. Malheureusement, j'ai aperçu mes parents, assis un peu plus loin sur la gauche. Et, trois rangs derrière eux, Héloïse qui mâchait du chewing-gum à côté d'Hippolyte. Ce dernier, bizarrement, m'a lancé un petit sourire triste, et j'ai eu le temps, avant de ne plus pouvoir penser, de me demander pourquoi je n'avais pas envisagé de faire sa connaissance.

Le principal s'est éclairci la voix avant de se pencher vers le micro. Les enceintes ont craché des sifflements et des parasites. Antonin Arnoux nous scrutait. À côté de moi, Mona a remué sur sa chaise. Mes oreilles se sont mises à bourdonner. Tout à coup, Face-de-Rapace s'est levé. Il a remis solennellement le paquet de copies à Arnoux. Ont suivi d'autres grésillements de micro, des bribes de discours inaudibles, puis le principal a ouvert une enveloppe, comme à la télévision.

– Et le gagnant est…, a-t-il prononcé avec une solennité ridicule.

Sans réfléchir, j'ai serré de toutes mes forces la main de Mona, qui n'a pas paru s'en apercevoir. « Adieu, Mona, ai-je pensé. Adieu. Puisse l'actrice qui jouera ton rôle être aussi jolie que toi. »

– Ange Guernisac.

J'ai rouvert les yeux.

Ange.

Ange avait gagné.

C'était absolument impossible.

Jamais je n'avais déployé autant de talent pour un problème de maths. Jamais je n'avais surfé avec autant d'élégance sur les difficultés. J'avais même proposé une solution alternative à l'énigme. Ange ne pouvait pas m'avoir battu.

Il s'est levé et a marché jusqu'à la scène, tandis qu'Antonin Arnoux parcourait sa copie en hochant la tête d'un air approbateur.

– Félicitations, mon garçon, lui a-t-il dit en lui remettant son œuvre. Du travail d'artiste.

Puis le principal a coiffé Ange d'une espèce de toque grotesque, et le directeur de la banque partenaire lui a offert un chèque. À côté de moi, Mona trépignait d'impatience.

Elle n'a pas eu à attendre très longtemps. Le principal l'a appelée peu après. Elle s'est levée d'un bond.

– Deuxième, a chuchoté Ange, qui s'était rassis. Bravo. Tu as essayé.

Mona m'a attrapé la main.

– Viens avec moi, s'il te plaît. J'ai besoin d'aide pour monter les marches.

Alors je lui ai donné le bras et je l'ai accompagnée sur l'estrade, sous les applaudissements. Il m'est impossible de dire ce que je ressentais à cet instant. En fait, je ne ressentais rien. Je réfléchissais. J'essayais de comprendre ce qui avait pu se passer.

À un moment, j'ai entrevu le visage de mes parents. Ils m'ont souri, comme si on s'apprêtait à me décapiter. J'ai fermé les yeux.

Au moment où je me suis rassis, à côté de Mona, j'avais la certitude de terminer troisième. À force de jouer au nul, j'avais dû perdre mes pouvoirs. Il ne faut pas défier le destin. Mais je ne m'attendais pas à la suite. Franchement.

Je suis arrivé dernier.

Le principal a prononcé mon nom d'une voix navrée. Il s'efforçait d'avoir l'air compatissant, mais il se demandait ce qui avait pu pousser un énergumène dans mon genre à participer au concours. Puis il a regardé Mona et s'est peut-être rappelé que je lui servais de béquille. Les belles plantes ont besoin d'un tuteur. À ce titre, ma vie n'était pas totalement inutile.

Comme je remâchais ces sombres pensées, tout

en m'acheminant pour la seconde fois vers l'estrade, Arnoux avait saisi ma copie, la dernière du tas, posée de travers comme un poisson avarié sur un étal, et il l'examinait en fronçant les sourcils.

Il la lisait encore quand j'ai pris place à côté du principal pour récupérer mon œuvre, assortie d'un lot de consolation. Un bon d'achat offert par une solderie.

– Monsieur Arnoux, s'il vous plaît, a roucoulé le principal à l'attention du mathématicien.

Mais ce dernier a hoché négativement la tête, sans quitter ma copie des yeux.

– Un instant, je vous prie.

Le ton de sa voix indiquait qu'il n'était pas homme à plaisanter, ni à tolérer qu'on l'importune. Face-de-Rapace a paru mal à l'aise. Il s'est dirigé vers Arnoux.

– Ne perdez pas votre temps, a-t-il chuchoté. Cet élève, malheureusement…

Mais Arnoux a dardé sur lui des yeux furieux et le prof s'est tu. Je trouvais soudain la journée moins épouvantable.

Le principal a adressé un sourire sucré à

l'assistance. J'ai cru qu'il allait chanter une petite chanson, pour meubler. Des murmures ont commencé à se faire entendre. Ange et Mona affichaient des moues perplexes.

Enfin, M. Arnoux a levé les yeux de ma copie. Il les a clignés, comme s'il sortait d'un tunnel. Il lui a fallu quelques secondes, apparemment, pour se rappeler où il se trouvait et qui étaient les gens qui l'entouraient. Puis il s'est levé, sans un mot, s'est approché du micro, tenant ma copie, qu'il avait roulée, dans ses deux mains, telle une longue-vue.

– Mesdames et messieurs, a-t-il déclaré solennellement, je me dois de vous informer qu'une erreur a été commise.

Les yeux de Face-de-Rapace se sont écarquillés puis exorbités. Son cou a paru s'allonger de plusieurs centimètres.

– Cette copie, a poursuivi le mathématicien, ne comporte aucune erreur. Et la façon dont son auteur a mené le raisonnement, déjoué les difficultés et effectué les calculs révèle une maîtrise bien supérieure à celle de l'élève qui a obtenu le premier prix.

Face-de-Rapace s'est jeté sur ma feuille et la lui a arrachée, avant de la lire, frénétiquement, en suivant les lignes avec son doigt.

– Comment se fait-il que vous ne vous en soyez pas aperçu, Face-de-Rap… monsieur Courtelin ? s'est enquis le principal, d'une voix un peu trop aiguë.

Face-de-Rapace n'a pas répondu tout de suite. Il a achevé sa lecture puis l'a recommencée, deux fois de suite. Quelques sifflets ont fusé dans l'assistance. L'un d'eux provenait d'Hippolyte, qui semblait s'amuser. Héloïse avait cessé de mâcher son chewing-gum.

– Je dois l'avouer, a bredouillé Face-de-Rapace à l'oreille du directeur, je n'ai peut-être pas accordé à cette copie toute l'attention qu'elle méritait, compte tenu des résultats de cet élève, en temps normal.

Il avait voulu se montrer discret, mais comme le principal s'était emparé du micro, l'aveu de Face-de-Rapace a été amplifié dans tout l'amphithéâtre. Des huées ont commencé à retentir.

– Menteur. Vous ne l'avez même pas lue, a

déclaré sobrement Antonin Arnoux. On vous connaît, Face-de-Rapace.

Ce dernier a sursauté, comme si on venait de lui enfoncer une électrode dans chaque oreille.

– Antonin…

– Je me souviens parfaitement de vos cours, a rétorqué le mathématicien. Et dans vingt ans, je m'en souviendrai encore. Heureusement pour moi, j'avais des facilités. Et vous m'avez toujours encouragé. Je plains les malheureux qui n'ont pas eu ma chance.

Ce petit discours a eu pour effet de calmer instantanément le public. M. Arnoux n'a même pas eu besoin du micro pour demander à Ange de remonter sur scène afin de me céder le diplôme et la toque grotesque.

– Désolé, mon vieux, a poursuivi Arnoux. Tu es tombé sur plus fort que toi. Ton devoir n'était pas mal. Un peu scolaire. Tu progresseras.

Un peu scolaire. Ange aurait été moins mortifié si on lui avait demandé de danser un french cancan devant tout le monde. Entièrement nu. Je n'ai pas osé regarder Mona.

Les premiers applaudissements ont crépité. Et les flashs. Le directeur de la banque a repris le chèque à Ange et me l'a offert, avant de me donner l'accolade. Basile s'est levé en tapant dans ses mains, et tout le monde l'a imité. J'ai eu le temps d'apercevoir mes parents. Ma mère pleurait dans les bras de mon père.

À cet instant, pourtant, mon cerveau reprenait les commandes. Il fallait jouer serré. D'une seconde à l'autre, passé l'enthousiasme de ce coup de théâtre, qui avait rompu l'ennui de la cérémonie, on allait se poser des questions. Comment un garçon dans mon genre, le dernier des nuls, avait-il pu triompher aussi complètement ? On allait me soupçonner d'avoir triché. L'épisode des cigarettes volées referait surface. Il fallait réagir. Vite.

Au moment où le principal m'a passé le micro pour que je dise quelques mots, j'ai décidé d'opter pour la solution la plus évidente. Mon idée initiale. Je me suis raclé la gorge et j'ai dit, d'une voix claire :

– Rien n'aurait été possible sans l'aide de ma

camarade Mona. Elle m'a aidé, patiemment, pendant des heures, m'a fait réviser, m'a donné confiance en moi. J'ai voulu qu'elle soit fière de moi, alors je me suis surpassé.

J'ai lancé un regard appuyé à Face-de-Rapace, qui a détourné les yeux.

– Il me semble donc légitime, ai-je poursuivi, de lui offrir le chèque de la banque. Pour moi, elle est la vraie gagnante.

Je ne pourrais même pas décrire le délire qui a suivi. Des hurlements, des chants. Tout le monde s'est précipité sur la scène. Des grands types sportifs ont porté Mona en triomphe. En quelques secondes, mes joues et mes oreilles ont été criblées de bises mouillées.

Un peu plus tard, tandis que les dames de la cantine apportaient des monceaux de gâteaux secs enveloppés dans du plastique transparent et des packs de jus d'orange, Mona s'est serrée contre moi.

– Je suis tellement fière de toi, m'a-t-elle avoué, les yeux brillants.

Là, je ne sais pas ce qui m'a pris.

C'en était trop.

Je me doutais que, d'une seconde à l'autre, Ange allait lui passer mon journal. Et, même si elle refusait de le lire, il lui révélerait mon stratagème, mes mensonges. Tout serait fini entre elle et moi. J'ai pris ma décision.

– Viens, ai-je dit en l'entraînant un peu à l'écart.

Elle s'est sans doute imaginé que j'allais l'embrasser. Après mes déclarations mélodramatiques, ç'aurait été un beau point d'orgue. Mais elle a perçu mon malaise à mes traits crispés. Sans lui laisser le temps de poser la moindre question, je lui ai tout raconté. Depuis le début. Ma décision de passer pour un nul. La comédie que je lui avais jouée. Ma lâcheté. Et mon involontaire sursaut de fierté : le refus de rater le concours.

– De toute façon, ai-je conclu, tu aurais deviné, non ? Quelqu'un qui ne maîtrise pas la table de deux, même avec l'aide d'une fille dans ton genre, n'aurait jamais pu finir premier.

Elle était tellement silencieuse que je n'entendais même plus les bruits de la foule. Tout le monde s'était rué vers le buffet, et on semblait m'avoir un peu oublié. M. Arnoux conversait avec le principal. Face-de-Rapace avait disparu.

– Non, a-t-elle répondu.

– Comment ça, non ?

Elle m'a regardé droit dans les yeux.

– Non, je ne m'en serais jamais doutée. Je n'aurais même jamais imaginé une chose pareille. Surtout de ta part. Des menteurs, j'en ai connu. Celui auquel j'en voulais le plus, jusqu'à maintenant, c'est le docteur qui m'a dit un jour que je marcherais normalement. Mais tu l'as détrôné.

Et elle s'en est allée.

Du temps s'est probablement écoulé. Plusieurs personnes ont tenté de m'adresser la parole. Mes parents étaient sans doute du nombre. Mais je suis resté figé, debout, ma toque sur la tête, jusqu'à ce qu'une main moite se pose sur mon coude.

– Et alors ? Tu rêves ?

Ange.

Je me suis ébroué. Ange. Il venait m'achever. Mais il arrivait trop tard. Au moins, je l'avais devancé. La vérité, Mona l'avait apprise par ma bouche. Le seul courage dont j'avais fait preuve avait été de passer aux aveux moi-même. «Tu peux lui faire lire mon journal, ai-je pensé, tu peux lui raconter tout ce que tu veux, piller mon intimité, tous les détails. Peu importe. Je suis vaincu. Mais j'ai porté moi-même le coup de grâce.»

– Tu sais, a dit Ange, j'ai réfléchi.

Je me suis raidi. Il faisait une tête bizarre, comme gêné. Mais je le connaissais trop. Il avait trouvé la parade, à coup sûr. Je savais qu'il allait reprendre l'avantage, tout en me demandant ce qui pourrait m'arriver de pire.

– Ce que tu as dit au micro... m'a fait réfléchir. Mon plan était vraiment moche. J'ai perdu, de toute façon, à quoi bon tout gâcher entre Mona et toi ?

Et, avec une impitoyable gentillesse, il m'a tendu mon journal.

– Tiens. Je te le rends. Et je ne dirai rien à Mona, promis. (Il s'est tu un instant, a réfléchi.) Je me demandais... Ce que tu écris sur moi... Enfin... Tu me vois vraiment comme une ordure complète ?

Je lui ai lancé un frais sourire de zombie.

– Non, Ange. Tu n'es pas une ordure complète. Pour mon malheur.

J'ai tourné les talons, sans reprendre mon journal. Qu'il le garde. Qu'il le publie. Qu'il le diffuse sur Internet.

Je ne me rappelle absolument pas ce qui s'est passé ensuite ni comment je me suis retrouvé dans ma chambre, à fixer par écrit les détails de la journée. Désormais, je gratte ma page comme une vieille cicatrice. Impossible de m'en empêcher.

14 novembre

Succession de jours sans joie. Vie plate. Marécage dans le cœur. Je me suis complètement relâché. À tel point que je suis redevenu le premier de la classe. Loin devant Ange, très affecté par le concours. Je rends de longues rédactions dans lesquelles, quel que soit le sujet, je m'épanche sur mes malheurs, sur la misère, sur la destruction probable et prochaine de l'univers. Avec une sorte de rage, je résous tous les exercices de Face-de-Rapace, lui-même assez diminué, encore plus sec et jaune que d'ordinaire. Je termine les contrôles de maths vingt minutes avant la fin, puis je repousse ma copie comme une assiette vide, je pose mon menton dans ma main, et j'essaie de comprendre ce que les nuages peuvent avoir d'intéressant. Quand Face-de-Rapace me propose des exercices complémentaires, je condescends à m'y intéresser, trouve la solution puis retourne à ma léthargie.

Naturellement, cette attitude m'a attiré des ennuis : mes parents sont retombés dans leurs vieux démons. Ma mère a tenté de cacher la console sur laquelle, tous les soirs, pour me calmer, j'extermine des aliens. Dès le lendemain, j'ai fait vingt fautes à ma dictée. Elle n'a pas insisté et m'a restitué l'appareil. Avec les parents, il ne faut jamais relâcher la pression, si on veut survivre.

L'affaire du concours a également modifié mes relations avec les autres élèves. Je suis devenu une sorte de star maudite. On m'admire et on me craint. Pour certains, qui prétendent avoir vu clair dans mon jeu dès le début, je suis un manipulateur dangereux. Pour les autres, un miraculé, rescapé de la nullité grâce à Mona. Mais celle-ci décourage leurs tentatives de rapprochement et ne répond à aucune question. Comme je ne suis pas moins évasif, on commence à me laisser tranquille. Sauf Ange.

Lui, cette histoire l'a vraiment métamorphosé.

Je suis devenu son gourou. Il attend que je l'aide à mériter son prénom, me pose des questions, veut connaître mon secret, m'a déjà invité trois fois chez lui et deux au cinéma. J'ai toujours refusé.

Plus grave encore, Mona s'est rapprochée de Basile. En classe, ils sont maintenant côte à côte, déjeunent en vis-à-vis et prennent l'ascenseur ensemble. Les voir déambuler tous les deux dans la cour me fait mal au ventre. Il est beaucoup plus grand qu'elle et l'écoute parler en hochant régulièrement la tête. Elle lui parle énormément. Elle lui parle tout le temps. De quoi lui parle-t-elle ?

Quand j'ai posé la question à Basile, il a paru embarrassé.

– Trop personnel. Je suis vraiment désolé.

Trop personnel. Tout est fini.

J'en ai eu la confirmation hier soir. Je les ai suivis, après les cours. Ils se sont rendus à pied chez elle. Tellement absorbés par leur conversation que j'aurais pu exécuter un solo de cymbales dans leur dos sans qu'ils se retournent. La mère de Mona leur a ouvert la porte en souriant et a même fait la bise à Basile. Traîtresse ! Une femme qui semblait avoir tant d'estime pour moi.

Je ne peux même pas en vouloir à Basile qui continue d'être lui-même avec une obstination déconcertante. Sa tendance à tout lâcher s'aggrave. Mouchoirs, chewing-gums, assiettes à la cantine. Hormis le secret qu'il garde jalousement sur sa relation avec Mona (mais il doit avoir des ordres), rien n'a changé dans son comportement. Sa moyenne reste stable, plafonnant à 7 dans toutes les disciplines. Si Mona lui donne des cours, au moins, elle a fait fiasco.

Mais il ne s'agit pas de cela. Il est question d'amour. Discrets l'un et l'autre, ils ne s'affichent pas vraiment dans l'enceinte de l'établissement, mais ils se sont trouvés, voilà tout. Par ma faute. Les yeux de Mona brillent, il sourit stupidement. Les signes indéniables de l'harmonie sentimentale. L'horreur à l'état pur.

J'ai demandé à Jean-Michel, l'agent de service, si je pouvais passer les récréations en sa compagnie. Nous ramassons les papiers gras. Sous peu, j'espère obtenir le droit de frotter les graffitis.

Récurer me calmerait. Je rêve de gros gants, d'une éponge. Gratter, nettoyer, poncer, ôter la crasse. En attendant, je m'acharne sur les papiers de bonbons, les emballages plastique. Je les déchiquette avant de me perdre dans la contemplation des morceaux qui tombent en pluie dans la grande poubelle noire.

– Ça fait plaisir de voir un jeune qui met tant de cœur à l'ouvrage, me confie Jean-Michel, admiratif.

Héloïse est morte de honte.

Bien fait pour elle.

17 novembre

Deux faits importants viennent de se produire, qui me rendent un peu d'espoir.

D'abord, Basile a fini par parler. Pas pour mettre fin à mon supplice. Juste parce qu'il était très exalté. Il est arrivé ce matin avec un gros paquet de feuillets imprimés, et les a placés devant lui.

Avant même que je lui pose la moindre question, il m'a dit :

– Notre roman.

J'ai mis un peu de temps à comprendre. Mais dès la pause suivante, il m'a affranchi :

– On a écrit un roman, avec Mona. Tu sais, son histoire d'univers parallèle. Je lui ai donné quelques idées. Il est question d'un peuple habitant au cœur des structures nébuleuses. Un peuple virtuel. Mona et moi, on discutait de l'histoire, on écrivait à deux et elle corrigeait les fautes.

Je me suis retenu de lever les yeux au ciel.

– Tu vois l'idée ? On a amélioré le concept d'univers parallèle. Les habitants des nuages possèdent une forme d'existence intermédiaire. Ils se métamorphosent en permanence. Mais pour survivre, ils ont besoin…

– Basile ! Attends !

– Quoi ?

– Je m'en fous.

Réaction mesquine, je le reconnais, mais qui m'a fait du bien. Je me demande si je ne suis pas encore plus jaloux, finalement. Écrire un livre à deux ! Peut-on imaginer activité plus intime ? D'ailleurs, pour la première fois, Basile s'est vraiment vexé.

– Moi qui voulais te proposer de le lire pour avoir ton avis. Je trouverai quelqu'un d'autre.

Parfait. Trouve quelqu'un d'autre. Un olibrius dans ton genre. Un amateur de brouillard, un féru de vapeur. Bon courage !

Le soir, sur le chemin du retour, j'étais tellement en colère que j'ai rattrapé Héloïse et lui ai raconté. Comme elle se sentait, à juste titre, responsable de tout, elle s'est efforcée de trouver des mots pour me remonter le moral mais c'était tout à fait hors de sa portée. Je n'ai pas entendu Hippolyte nous rejoindre. Quand je me suis retourné, par hasard, j'ai sursauté. Il nous suivait en poussant son scooter et devait tout écouter depuis un bon moment. J'ai envisagé de me fâcher mais je manquais de bonnes raisons pour le faire. D'autant qu'il a trouvé le moyen de me réconforter.

– Tu veux faire un tour ? a-t-il proposé en désignant son scooter. J'ai un autre casque pour Hélo.

Hélo ! Hélo et Hippo ! Seigneur Jésus !

– Non ! s'est interposée ma sœur. Il est trop jeune !

– Allez, Hélo ! Il est triste, tu vois bien.

– OK. Mais tu roules doucement.

– Grimpe, gamin.

Je ne me le suis pas fait dire deux fois. Hippo m'a aidé à enfiler le casque et à enfourcher le bolide. Le regard inquiet d'Hélo m'a ravi. Peut-être qu'elle tenait un peu à ma vie, finalement.

Mais elle devait surtout craindre d'avoir des ennuis.

– Accroche-toi !

J'ai agrippé les hanches d'Hippo et nous avons démarré. J'ai tout de suite adoré le scooter. La vitesse, les pétarades, la mine ébahie des piétons. Un voyou. Voilà ce que je suis. Plus tard, sur ma Harley, je parcourrai la planète, les bras d'une fille noués autour de ma taille. Pas n'importe quelle fille. Mona. Elle crierait, la voix vibrant d'extase et d'appréhension :

– Pas trop vite, mon héros !

– T'inquiète, a répondu Hippolyte, d'un ton neutre. On double même pas les joggeurs.

Je dois perdre cette habitude de penser tout haut.

Je me suis concentré sur le paysage. Tout à coup, je reconnaissais les lieux. À ce moment s'est produit le second fait notable du jour : j'ai vu Mona sortir d'une maison qui me rappelait vraiment quelque chose. On n'était pas dans son quartier, pourtant. Sa mère l'accompagnait.

Puis je me suis souvenu. La psychologue.

Elle sortait de chez ma psychologue !

Sans pouvoir en évaluer vraiment la portée, j'ai su que le hasard venait de me donner un sacré coup de pouce.

Quand Hippolyte m'a redéposé sur le trottoir, à côté de ma sœur, je rayonnais.

– Cette sortie a l'air de t'avoir fait du bien, a constaté Héloïse, surprise.

– Ouais, a commenté Hippolyte. Un coup de scoot, des fois, ça vide la tête.

J'ai rendu solennellement son casque à mon beau-frère.

– Merci, vieux, ai-je dit. Tu sais, tu m'es de plus en plus sympathique. Et puis, je voulais te dire...

Hippolyte a paru un peu inquiet.

– Quoi ?

– Eh bien, ton prénom n'est absolument pas ridicule.

Il s'est tourné vers Héloïse.

– Il est toujours comme ça, ton frère ?

– Toujours, a-t-elle répondu, découragée.

19 novembre

Bien évidemment, j'ai fait savoir à mes parents que je me sentais de nouveau vulnérable. Si je ne revoyais pas urgemment la psychologue, mes résultats risquaient de fléchir. Ma mère a décroché le téléphone et j'ai eu un rendez-vous pour le surlendemain.

– Tu voulais me voir ? s'est-elle enquise, sans curiosité apparente, en fouillant dans son tiroir pour retrouver ma fiche.

J'ai transpiré, en mesurant l'inanité des phrases que j'avais préparées. Mon objectif était simple. Savoir ce que Mona avait dans la tête. Pas l'intégralité. Juste ce qui me concernait. Cette psychologue avait accès à la tête de Mona. Et elle allait parler.

– Je t'écoute.

Silence.

J'ai puisé du courage dans la représentation d'un grand singe, affichée au mur.

– Il te plaît ? C'est un de mes petits patients qui a dessiné son père. Un portrait magnifique et très ressemblant.

Silence.

– Je voulais vous parler de Mona.

Elle n'a pas cillé. Comme si ce prénom ne lui évoquait rien. Elle a approché son stylo de son nez et en a humé la mine. Elle devait aimer l'odeur de l'encre. Je suis pareil.

– Mona, ma… ma camarade de classe. Je l'ai vue sortir d'ici, l'autre soir.

– Je connais Mona, oui.

Silence. Grincement d'un fauteuil, dans la salle d'attente. Ma mère devait s'impatienter. J'ai inspiré à fond pour essayer de capter l'odeur de l'encre. La fenêtre donnait sur un parc calme. Les murs étaient peints d'un beige apaisant. J'ai découvert un radiateur que je n'avais pas remarqué. Je me suis demandé si j'étais en permanence entouré de choses que je ne remarquais pas.

– Tu veux savoir ce qu'elle pense de toi ?

Je me suis efforcé d'avaler l'oursin qui venait de pousser dans ma gorge et ai répondu « voilà », d'une voix endolorie.

– Je ne te le dirai pas, bien sûr. Secret professionnel. Tu avais d'autres choses à me demander ?

J'ai décidé de me taire et de bouder. Chaque seconde qui passait coûtait de l'argent à mes parents, et cet onéreux silence m'a fait du bien. Voilà peut-être le secret des psychologues pour enfants. Au bout d'une cinquantaine d'euros, elle s'est levée et m'a invité à en faire autant.

Juste avant de m'ouvrir la porte, elle a murmuré :

– Observe bien ses classeurs et ses cahiers.

Puis elle m'a souri et les heures ont bondi jusqu'au lendemain.

20 novembre

« Observe bien. » Facile à dire. Je ne suis plus assis à côté de Mona. De ma place, je distingue mal ses cahiers. Son épaule me les cache. Et puis une occasion s'offre. Comme nous sortons pour la récréation, je prétends avoir oublié mon paquet de mouchoirs, fais demi-tour, plonge la main dans le sac de Mona et découvre qu'elle a, en effet, réalisé le même dessin sur toutes les couvertures de ses cahiers.

Un nuage.

Un énorme nuage.

Et, dedans, un petit bonhomme sur le dos d'une grosse oie blanche, qui vole.

La couverture du roman débile qu'elle a écrit avec Basile.

Bravo, la psychologue ! Elle n'a pas eu le courage de me le dire en face. Mona est amoureuse de lui. Mais je devais sans doute le découvrir moi-même. Le secret professionnel a bon dos. Je suis si furieux que j'exige un rendez-vous le soir même. Ma mère jette un regard désespéré à son chéquier mais s'exécute. J'ai de la chance. Quelqu'un est malade. Peut-être le fils du grand singe. J'obtiens son créneau. Demain soir.

21 novembre

J'attaque illico :

– Voilà ce que vous vouliez me faire comprendre ? Les nuages ? Elle ne s'est pas contentée d'écrire ce torchon avec lui ? Ils sortent ensemble ? Bravo ! Belle ruse !

La psychologue a changé de coiffure. Elle s'est fait un petit balayage avec le chèque de maman. Ça lui va bien et, à la façon dont elle frôle sa frange de temps en temps, je comprends qu'elle le sait.

– Vous feriez mieux d'essayer de m'aider, au lieu de penser à vos cheveux !

Plutôt impertinent mais je ne regrette pas. Moi aussi je suis capable de déchiffrer les comportements. Et je n'escroque personne.

– Bravo, Nils, tu es très observateur.

Ma remarque a failli la déconcerter, mais elle s'est reprise très vite. Comme si elle avait fermé, par la seule force de sa volonté, les vannes interdisant au sang de monter au visage. Un nouveau silence s'installe. Je prends conscience d'un élément étrange, dans la phrase qu'elle vient de prononcer. Pourtant, elle comporte peu de mots. Non, ce ne sont pas les mots qui sont étranges, mais la façon dont elle les a prononcés. Dont elle a prononcé l'un d'entre eux. Lequel ? Je réécoute mentalement. « Nils ». Mon prénom. Elle a insisté sur mon prénom. Bravo, NILS. Pourquoi ? Pour montrer qu'elle s'en souvient ? Qu'elle est une vraie professionnelle ? Ou alors…

Nils.

Pourquoi mes parents m'ont-ils appelé Nils ?

Ils me l'ont répété des milliers de fois. Mon prénom fait référence à un livre que ma mère adorait quand elle était petite. *Le merveilleux voyage de Nils Holgersson à travers la Suède.*

L'histoire d'un gamin qui voyage.

Sur le dos d'une oie.

Dans les nuages.

22 novembre

La psychologue n'a voulu répondre à aucune des questions dont je l'ai mitraillée. Ce dessin constituait-il un message à mon intention ? Une réponse à toutes les Joconde dont j'avais illustré mes propres classeurs ? Était-ce une déclaration d'amour déguisée ? Dans ce cas, pourquoi Mona continuait-elle à m'ignorer ?

Au collège, le lendemain, j'ai demandé à Ange de me rendre mon journal. J'avais presque oublié que je le lui avais laissé, le jour du concours. Ma requête l'a beaucoup perturbé.

– Écoute, Nils, je suis désolé. Je… je ne l'ai plus.

Il ne l'avait plus.

Parfait.

Ce texte ultrasecret circulait quelque part, à la portée de n'importe quel maître chanteur.

– Je peux savoir ce qu'il est devenu ? Tu l'as revendu ?

– Pas exactement. Je l'ai… confié à quelqu'un.

Et, d'un discret roulement de pupilles, il a désigné Mona qui bavardait avec Basile, un peu plus loin dans la cour.

– Tu as donné mon journal à Mona ?

– Elle est venue me supplier. Je te jure. Comme vous étiez, enfin… en froid, ce n'était plus si important.

Pas faux. Et puis je l'avais autorisé à faire ce qu'il voulait de mes écrits. Avant que je me remette en colère, il a ajouté :

– Tu sais, elle est vraiment dingue de toi.

– Tu crois ?

– J'en suis sûr. Tu aurais vu comment elle a insisté pour avoir ton journal. Et la façon dont elle m'a fait promettre de ne jamais t'en parler.

– J'admire la façon dont tu tiens tes promesses.

– Ben quoi ? Je suis un être répugnant. Tu l'as écrit en long, en large et en travers. « Le troisième personnage se distingue, paradoxalement, par sa parfaite conformité. Un génie odieux. Moi en pire. » La première fois que tu parles de moi. J'ai appris le passage par cœur.

– J'ai exagéré. Je suis désolé. Tu n'es pas si génial.

– Merci.

– Tu penses vraiment que j'ai mes chances avec Mona ?

– Non.

– Mais tu m'as dit qu'elle était dingue de moi !

– Justement.

Ange et moi, nous progressons sérieusement en matière de psychologie féminine.

24 novembre

Une nouvelle catastrophe est arrivée. Je vais finir par m'y habituer. Une fois de plus, je l'ai provoquée tout seul.

J'ai profité du calme absolu qui règne pendant les devoirs de maths pour essayer de mettre mes idées au clair. Après m'être débarrassé rapidement des équations et des problèmes, j'ai listé les éléments importants de la situation :

1. Mona est dingue de moi.

2. Elle ne l'avouera jamais.

3. Je l'ai blessée par mes mensonges.

MAIS

1. Elle est aussi dissimulatrice que moi puisqu'elle a lu mon journal en cachette.

2. Elle me fait comprendre ses sentiments via le dessin de Nils Holgersson. Et avoue implicite-

ment (inconsciemment ?) qu'elle a lu mon journal puisqu'elle s'y prend exactement comme moi.

3. Elle joue un jeu ambigu avec Basile, qu'elle utilise certainement pour attiser ma jalousie.

DONC

Que faire ?

Au moment où je me suis rendu compte que je venais d'écrire tout cela directement sur ma copie, à la suite de mon devoir, la main énorme de Face-de-Rapace s'est abattue et l'a ramassée.

À son sourire cruel, j'ai compris qu'il serait inutile de la lui réclamer. Je suis sorti en haussant les épaules.

25 novembre

Aujourd'hui, bien sûr, Face-de-Rapace m'a demandé de rester à la fin du cours. À son air, j'ai compris qu'il tenait sa revanche. Depuis les résultats du concours, il n'était plus le même. Jamais, de toute sa carrière, il n'avait dû connaître pareille avanie. Et j'en étais responsable. Étonnant qu'il ne se soit pas encore vengé. Le principal devait le tenir à l'œil. À sa décharge, il s'est comporté très dignement, et a corrigé scrupuleusement mes copies, depuis. Pas une pique, en classe, pas une remarque déplacée.

Mais quand il m'a arrêté d'un geste, au moment où j'allais franchir la porte de la classe, quand il a passé rapidement sa petite langue pointue sur ses lèvres bleuâtres, j'ai su que mon heure était venue. Je suis resté planté, les yeux fixés au sol.

– Fermez la porte.

Je me suis exécuté.

Il s'est levé, solennellement, puis a commencé à arpenter la pièce.

– Et alors, mon garçon ? Qu'est-ce qui vous arrive ? Vous vous répandez dans vos copies, maintenant ?

– Je suis désolé, monsieur. Une erreur. J'avais l'esprit ailleurs.

Il m'a interrompu d'un geste coupant, ultra-rapide, façon ninja.

– Erreur ou pas, vous devez assumer. Vos actes auront des conséquences.

J'ai essayé de faire ma tête de Petit Ours Brun, mais il ne connaissait visiblement pas le personnage en question, car il a paru un peu inquiet.

– Qu'est-ce qui se passe ? Vous allez vomir ?

– Non je... j'espérais que vous ne montreriez pas ce que j'ai écrit à mes parents, ni au principal.

Il a sursauté.

– MONSIEUR le principal !

– Oui... Pardon.

– Cessez un peu de vous excuser. Vous devez

prendre vos responsabilités. Et je ne fuirai pas les miennes.

J'ai entrevu la litanie de scènes auxquelles ma bévue allait donner lieu. Un monceau de problèmes ridicules à résoudre, d'explications à fournir, de malentendus à rectifier avant de pouvoir retourner tranquillement à ma solitude désespérante.

– Ce n'est pas à vos parents que vous posez cette question, sur votre copie. Ni à monsieur le principal. Mais à moi. Et je ne me déroberai pas. Voulez-vous connaître mon opinion, Nils ?

J'ai envisagé un instant de répondre : « Non, vraiment, vous êtes gentil, mais je préfère rejoindre mes copains dans la cour. Une autre fois, peut-être. »

Hélas, il avait déjà enchaîné.

– Vous êtes nul, mon vieux.

Face-de-Rapace se serait mis à ramper au plafond, je n'aurais sans doute pas été plus mal à l'aise.

– Vous avez lu le roman qu'elle a composé avec Basile, au moins ?

J'ai secoué négativement la tête. Une partie de moi s'efforçait de dialoguer avec le vieux professeur, une autre priait toutes les divinités possibles pour que quelqu'un entre et mette un terme à cette conversation abominable.

– Eh bien moi, je l'ai lu. Basile m'a fait l'honneur de me le confier.

Il paraissait extrêmement touché.

– Naturellement, le style est encore un peu maladroit. J'ai relevé quelques invraisemblances, portant surtout sur l'hygrométrie et sur les comportements amoureux. Mais les auteurs sont jeunes. Et l'ouvrage témoigne d'une belle énergie. Beaucoup d'enthousiasme. Si vous en aviez pris connaissance, vous seriez moins perplexe au sujet de Mona.

L'oursin étant réapparu au fond de ma gorge, j'ai balbutié quelques mots interrogatifs.

– Cette jeune fille rêve d'aventure ! de romance ! de passion ! Elle se met en scène, dans le roman, sous la forme d'une créature ailée qui parcourt le ciel pour retrouver le garçon qu'elle aime.

Il s'est approché de moi, et j'ai cru qu'il allait

me mettre une baffe. Mais il m'a dépassé et a ouvert la porte de la salle, derrière laquelle la classe attendait en piaffant.

– Taisez-vous ! a hurlé Face-de-Rapace. Plus un mot ! Nous travaillons.

Un silence épais s'est abattu. Il a claqué la porte et est revenu vers moi.

– Vous êtes là, le nez dans vos chiffres, à savoir qui va obtenir la meilleure note. Et vous ne voyez pas qu'à côté de vous, dans l'ombre, une jeune âme soupire d'amour.

Il s'est tu, assez longtemps, a passé la main sur son visage. Et j'ai eu la certitude qu'il me racontait sa propre histoire.

– Ne passez pas à côté de la vie, mon garçon. Les maths, les études, vous vous en sortirez toujours. Pour le reste, il vous reste beaucoup à apprendre, croyez-moi. Vous n'aurez pas trop de toute votre vie. Alors au travail !

J'ai ouvert les mains, en un geste d'acquiescement perplexe. Qu'étais-je censé faire ?

– Mona vous a déjà donné la solution, j'en suis sûr.

– La solution ?

– Oui. Elle vous a dit ce qu'elle attendait de vous. Mais vous ne l'avez pas écoutée.

À cet instant, étrangement, l'un de mes premiers échanges avec Mona m'est revenu en mémoire. J'ai récité à Face-de-Rapace : « J'ai juste dû accepter que je ne pourrais pas faire de longues randonnées sous les étoiles, danser pendant des heures ou gagner le marathon. »

Il s'est frappé le front.

– Eh bien voilà ! Faites-la danser !

Il a crié un peu fort, et j'ai espéré ardemment que personne ne l'avait entendu, de l'autre côté de la porte.

– Danser ? Mais, monsieur…

J'ai montré mes pieds, pour lui rappeler à quel point Mona…

– Mais justement ! Justement, mon garçon !

Il s'est approché davantage, a posé la main sur mon épaule, m'a regardé au fond des yeux.

– Je n'ai pas tout compris aux subtilités du théorème de Fermat. Mais je peux vous l'affirmer, quand une jeune fille vous dit qu'elle ne pourra jamais danser, elle désire que vous soyez son cavalier. Invitez-la au bal.

Puis il s'est redressé, a fait entrer les autres élèves, et a passé l'heure suivante à tourmenter tout le monde, de la façon la plus cruelle.

26 novembre

Rentré chez moi, naturellement, j'ai tenté d'oublier le comportement délirant de Face-de-Rapace. J'avais été le seul témoin de son basculement momentané – du moins l'espérais-je – dans la folie furieuse. Je m'étais promis de n'en rien dire. Et puis, insidieusement, quand j'ai eu éteint la lumière, ses paroles ont fait leur chemin.

Et s'il avait raison ?

Un bal.

J'ai pensé à Héloïse, qui passe son temps à danser, à la moindre occasion. Qui fait le mur pour aller danser, comme dans les contes de fées, qui se déhanche instinctivement dès qu'elle enfile ses écouteurs. J'ai toujours méprisé la danse à cause de ma sœur. Non, ma fille, dit la chanson, tu n'iras pas danser.

Et pourtant.

Alors, les pièces du puzzle se sont assemblées, et j'ai trouvé la solution du problème.

Une solution évidente.

Une solution épouvantable.

27 novembre

J'en ai d'abord parlé à Héloïse, bien sûr. Rien ne pourrait se faire sans elle. Première étape incontournable. Les autres seraient pires.

Quand je lui ai exposé ma requête, il a fallu qu'elle s'asseye sur son lit.

– Tu veux… tu veux que je t'apprenne à danser ?

– Je te paierai, si tu veux.

– Mais, Nils, tu as autant de groove que… qu'un tube de dentifrice.

Je n'ai pas relevé.

– Et ensuite, tu devras m'aider à convaincre les parents de me laisser organiser un bal pour mon anniversaire. Je veux inviter toute ma classe. Ce qui suppose qu'Hippolyte et toi soyez là pour m'aider à gérer.

– Cool ! a lancé Hippolyte, qui venait de pointer la tête par la fenêtre.

Sa présence m'a réconforté. Avec lui dans mon camp, j'avais une petite chance de réussir.

– S'il te plaît, Hélo ! ai-je supplié.

– Bon, mais… c'est quand, déjà, ton anniversaire ?

– Dans deux mois. Jour pour jour.

– Impossible. Désolée.

– Pas de souci, a dit Hippolyte. On commence les cours demain soir.

28 novembre

En préliminaire à la première séance, j'ai dû subir toutes les remarques décourageantes d'Héloïse. Comme prof, elle est bien pire que Face-de-Rapace. D'après son analyse, l'humanité parviendrait à fonder des colonies sur Jupiter avant que j'esquisse un pas correct, et que je comprenne la notion de rythme. J'ai serré les dents. J'ai pensé à Mona. Je me suis imaginé la tenant dans mes bras, l'entraînant dans une valse interminable, palliant par ma prestance les légers contretemps auxquels l'exposerait son petit problème de motricité. Elle porterait une robe longue, nous…

– Alors, pour commencer, a indiqué Héloïse, je vais mettre de la musique et tu fais ce que tu veux dessus. Pour voir ton niveau.

Hippolyte a confirmé, d'un hochement de tête. Apparemment, il assisterait aux cours et personne n'envisageait de me demander mon avis sur la question.

– Tu rêves, Nils ? Tu es prêt ?

– Oui.

– J'ai rien entendu.

– Oui !

– Oui qui ?

– Oui, Héloïse, ma sœur chérie.

Dans les situations où l'un d'entre nous tient l'autre en son pouvoir, il s'octroie le privilège de lui imposer des marques de soumission et des formules de déférence. Si Héloïse a besoin du résultat d'un problème, elle doit dire : « Ô, Nils, mon frère révéré, dont le génie condescend à éclairer un peu la nuit profonde de mon ignorance. » Ses exigences sont plus raisonnables que les miennes, je le reconnais.

Tandis qu'elle lançait le premier morceau de sa playlist, une immonde mixture électronique à base d'explosions et de miaulements synthétiques, je me suis concentré. Au fond de moi, je savais que je pouvais le faire. J'ai repensé aux conseils de Face-de-Rapace, ce qui, en l'occurrence, paraissait assez saugrenu. Je m'étais laissé dominer, pendant toutes ces années, par la partie la plus cérébrale de ma personnalité. Je devais débrancher mon cerveau, laisser parler mon corps, mon âme, l'animal qui sommeillait en moi.

Mon père a entrouvert la porte. Il paraissait terrifié. Il a dit quelque chose que nous n'avons pas entendu, en montrant la chaîne, a attendu quelques instants puis est ressorti, découragé.

– Vas-y, Nils ! a hurlé Hippolyte.

Alors j'y suis allé.

J'ai dénoué, un à un, tous les liens qui m'entravaient, toutes les cordes qui saucissonnaient mon être, j'ai largué mes amarres, je suis parti à la dérive sur le fleuve bouillonnant de la musique. Les yeux fermés, concentré sur les images surréalistes dont les riffs ornaient l'écran incandescent de mon subconscient, j'ai dansé.

J'ai dansé avec rage, avec passion, avec fureur, avec amour. J'ai dansé pour Mona. J'ai dansé contre les pesanteurs du monde, contre l'immobilité molle, contre les règles. La danse ignore le mensonge, le calcul, la ruse. Mes bras, mes jambes, mon torse exploraient des postures inédites. J'ai cru devenir un sorcier indien, un fauve, un…

La musique s'est arrêtée.

Quand j'ai rouvert les yeux, Hippolyte et Héloïse me regardaient d'un air étrange.

Après plusieurs longues secondes de silence, Hippolyte s'est gratté la tête.

– Une fois, a-t-il raconté, mon chien s'est fait piquer par une guêpe, à l'intérieur de l'oreille. Il était fou.

Je me suis essuyé le front.

– Je… je ne vois pas le rapport avec…

– Nils, a modulé Héloïse d'une voix terriblement gentille, il y a plein de façons de fêter un anniversaire. Vous pourriez organiser une grande partie de Monopoly, par exemple. Ou un jeu de piste, s'il fait beau. Qu'est-ce que tu en dis ? Un jeu de piste ?

Je me suis assis sur le lit d'Héloïse.

– Ce n'était pas au point ?

Ils se sont regardés à nouveau, et j'ai bien vu qu'ils cherchaient des mots sincères pour parler de ce qu'ils venaient de voir. Puis ils ont renoncé.

– Exactement, a dit Hippolyte, pour simplifier. Pas au point.

– Mais en bossant ? En bossant beaucoup ? Jour et nuit ?

Héloïse s'est assise en tailleur, à côté de moi.

– Nils, tu as entendu parler de cette limace qui, à force de bosser jour et nuit, a réussi à voler comme un papillon ?

– Heu… non. Jamais entendu parler.

– Voilà. Moi non plus.

Je suis allé me coucher.

15 janvier

Je n'ai pas renoncé.

Je n'ai pas écrit, ces jours-ci. Je m'exerçais. Tout mon temps libre y est passé.

Je ne parlerai pas de l'énergie qu'il m'a fallu. De la volonté. De l'acharnement. De l'héroïsme. Des heures dans la chambre d'Héloïse, à répéter les pas, les mouvements, à les regarder danser, Hippolyte et elle. La vie est injuste. Il suffisait qu'ils se mettent en position, qu'ils remuent un doigt pour que ce soit beau, sensuel, envoûtant. Leurs deux corps paraissaient raconter une histoire qui donnait envie de rire et de pleurer. Le mien aussi, mais pas pour les mêmes raisons. En plus, j'étais hanté par l'image de la limace qui, je dois le reconnaître, est particulièrement adaptée à mes performances de danseur.

Cependant, je l'ai remuée, mon anatomie de limace. Je me suis raidi, débattu, arc-bouté. J'ai défié courageusement la dure loi de la pesanteur. J'ai heurté mes orteils à presque tous les angles, j'ai attrapé des courbatures dans des muscles dont j'ignorais l'existence.

Au bout de quelque temps, mes chorégraphies ressemblaient un peu moins à des crises de transe épileptique. Avec un peu de bonne volonté, on pouvait même imaginer un lien entre mes mouvements et la musique.

– Dans la foule et l'obscurité, ça peut éventuellement le faire, a diagnostiqué Hippolyte, encourageant.

Héloïse était plus réservée.

Il faut dire que, parallèlement, j'avais travaillé mes parents au corps pour obtenir l'autorisation de fêter mon anniversaire à la maison. Je n'ai pas précisé qu'il s'agirait d'une soirée dansante. La psychologue m'a bien aidé. Elle a fait valoir que cette initiative favoriserait mon intégration dans le collège et accroîtrait ma popularité. Ils ont fini par céder. Il a été plus délicat de leur faire admettre qu'ils ne pourraient pas participer directement à la fête, qu'il était inutile d'acheter des confettis et des cotillons. Mon père devait renoncer au grand concours de devinettes qu'il imaginait, en guise de bouquet final.

– Vous resterez dans votre chambre, a expliqué Héloïse. Hippo et moi, on va tout organiser.

J'ai oublié de dire qu'Hippolyte était rentré en grâce aux yeux de mes parents, depuis la pénible soirée au cours de laquelle, par ma faute, Héloïse avait été ramenée à la maison manu militari. D'après la psychologue, ce garçon exerçait sur moi une action apaisante et proposait un modèle de « masculinité alternative » du meilleur aloi. Mon père a froncé les sourcils, mais cette psychologue est devenue une sorte de prophétesse, pour eux, depuis que la courbe de mes résultats scolaires s'est inversée.

Je viens de finir de préparer mes invitations pour tous les élèves de la classe. Celle de Mona est particulièrement soignée. J'ai dessiné Nils Holgersson, sur son oie, traversant le ciel, derrière la Joconde.

Avec un peu de chance, elle me tombera directement dans les bras, rien qu'à voir le carton, et on passera la fête, tous les deux, enlacés sur le sofa, à regarder danser les autres.

17 janvier

Rien ne s'est passé comme prévu.

J'ai dû mal m'y prendre. À vrai dire, je n'avais pas suffisamment réfléchi. Je m'étais imaginé arrivant dans la cour et distribuant mes invitations, la foule des élèves reconnaissants massée autour de moi, se bousculant pour attraper les cartons.

Cette perspective m'exaltait. J'ai donc franchi les grilles, la pile d'enveloppes sous mon bras. Et puis, un doute m'est venu.

Je devais évidemment commencer par consulter Mona. Prendre le temps de lui faire comprendre que j'organisais ce bal pour elle seule. Les autres étaient des accessoires, des prétextes, des figurants. Il me fallait la persuader, la rassurer. Insinuer que je m'étais reconnu, sur les couvertures de ses cahiers, fendant noblement l'air avec un bonnet de lutin sur la tête. Mona n'avait jamais été invitée à un bal. Elle aurait peur. Elle allait m'opposer toutes sortes de résistances qu'il faudrait vaincre une à une. Je ne pouvais pas la mettre devant le fait accompli. Et si elle ne venait pas ? Si elle prenait cette invitation pour un affront ? Une vengeance ? Nous étions fâchés, officiellement. Et même si je ne lui en voulais plus de sa rancune à mon égard, elle n'avait peut-être pas parcouru au même rythme que moi le chemin tortueux vers l'entente éternelle de nos cœurs amoureux.

En plus, en y repensant, le dessin que j'avais fait pour elle était hyper mal fait. L'oie ressemblait à un vieux poulet et la Joconde à Iron Man.

J'allais donc remballer provisoirement mes invitations, en attendant d'élaborer un vrai plan, quand la voix flûtée d'Ange m'a fait sursauter.

– Salut, Nils ! Elles sont pour qui, ces enveloppes ?

– Pour personne ! ai-je dit en renversant tout le paquet sur le bitume de la cour.

Un cercle de curieux s'est aussitôt formé. Puis les gens ont lu leur nom sur les enveloppes et se sont emparés des invitations. En moins d'une minute, il était trop tard.

– Une fête ! Chez toi !

– Génial !

J'ai aperçu, par-dessus les têtes, Mona et Basile qui se tenaient à l'écart et faisaient mine de ne pas s'intéresser à toute cette agitation. Quand la sonnerie a retenti, leurs deux enveloppes sont restées sur le sol. Je les ai ramassées et cachées dans mon sac.

La journée a été très longue. Il n'a été question que de mon anniversaire à la cantine et aux récréations. Tout le monde était très excité. Ils avaient envie de voir ma chambre en vrai. Même Héloïse et mes parents attisaient leur curiosité.

Naturellement, Mona et Basile se sont isolés dans leur coin. N'ayant pas reçu d'invitation, ils se croyaient forcément exclus, à jamais. Logique. Catastrophique.

Mais à aucun moment je n'ai trouvé l'occasion ni le courage de m'approcher d'eux pour leur tendre leurs enveloppes. Mona me lançait des regards alternativement furieux et désespérés, Basile me souriait gentiment.

Plus le temps passait, plus je me rendais compte que j'avais commis une énorme erreur. Par la faute de Face-de-Rapace. Si je l'invitais maintenant, Mona penserait que j'avais pitié d'elle. Que j'avais griffonné à la hâte ce dessin raté, pour tenter de me rattraper. Elle se ferait une joie de me lancer mon invitation à la figure.

Le soir, en rentrant, j'avais pris ma décision : j'annulais tout.

Je trouverais un prétexte. Héloïse accepterait peut-être de se blesser gravement, dans un accident de scooter. En désespoir de cause, je pouvais toujours mettre le feu à la maison.

Et puis ma mère est entrée dans ma chambre, sans frapper, rose de joie.

– Tous les parents de tes amis appellent pour confirmer qu'ils viendront bien à ton anniversaire. Ils sont ravis. Ce sont des gens très bien. Mon N + 1 va franchir les portes de notre maison, je te le rappelle ! M. Boucart ! Tu te rends compte, mon chéri ! Est-ce que nous avons le temps de changer le papier peint du salon ?

Elle m'a serré dans ses bras.

– Tu es un garçon extraordinaire ! Et moi qui ai hésité à te laisser organiser cette fête ! Je contacte le traiteur. Crois-moi, tu t'en souviendras, de ton anniversaire !

Dès qu'elle est sortie, j'ai couru chez Héloïse. Il me fallait de l'aide. Elle était dans les bras d'Hippolyte.

– Tu pourrais frapper ! a-t-elle hurlé.

– Pardon, je…

– Pardon qui ?

– Pardon, ma sœur chérie, adorée, je…

– Qu'est-ce qui se passe ? m'a demandé Hippolyte, inquiet.

Je leur ai tout raconté. Ils sont restés un moment silencieux.

– Tout est foutu, a conclu Héloïse.

Mais Hippolyte s'est levé.

– Viens.

– Où ?

– Chez Mona. Je t'emmène.

Je n'ai heureusement pas eu le temps de réfléchir. Je me suis retrouvé à l'arrière du scooter, cahotant sur les pavés, l'invitation glissée sous mon pull, à même la peau. Hippolyte a pris des raccourcis. Il s'est garé devant chez Mona, a sonné à la porte et est reparti.

– Je t'attends au bar du coin ! Prends ton temps.

La mère de Mona n'a pu cacher sa stupéfaction quand elle m'a trouvé sur son seuil, coiffé d'un casque trop grand pour moi et malaxant nerveusement une enveloppe trempée de sueur.

Mais, contrairement à moi, certaines personnes sont toujours à la hauteur de la situation.

– Nils ! Tu es tout seul ? Je t'en prie, entre.

Elle avait dû se rappeler aussi que j'étais un peu attardé, et qu'il fallait se montrer prudent avec les êtres de mon espèce.

Je suis entré.

Elle a esquissé un geste dans ma direction, a eu l'air de vouloir parler puis s'est tue et m'a invité à la suivre.

Je ne me souviens absolument pas du trajet

entre le vestibule et la chambre de Mona. J'étais si troublé que j'avais l'impression de progresser dans un souterrain où les sons me parvenaient atténués. J'étais en nage et respirais avec peine.

Soudain, j'ai franchi la porte dont j'avais si souvent rêvé. Je me suis retrouvé seul face à Mona. Elle était assise à son bureau et a levé les yeux vers moi. Dans certains de mes cauchemars, il m'est arrivé de vivre des situations ressemblant, de très loin, à celle-ci. Mais malgré tous mes efforts, je n'ai pas pu me réveiller.

– Oui ? a-t-elle demandé, avec un sourire glacial. Tu as oublié quelque chose ?

Alors, brusquement, toute la tension de la journée, des jours précédents, toute la tristesse, la déconvenue, la jalousie et une multitude d'autres sentiments très laids ont pris possession de moi. Une poche d'encre noire a crevé dans mon cerveau. Le diable s'est emparé de mon âme, avec sa cohorte de goules et de vampires. Mes traits se sont tordus en un rictus démentiel et j'ai asséné, en la regardant droit dans les yeux :

– Très drôle.

Et puis, soudain, j'ai su ce qu'il fallait faire.

Surtout, ne pas s'engager dans une vaine dispute. Ne pas lui révéler que je savais qu'elle avait lu mon journal, bannir les reproches, les mots aigres, tout ce que nous pourrions regretter, plus tard.

Je me suis rappelé les paroles de Face-de-Rapace. Mona était une fille passionnée, une romantique. Elle voulait de la passion ? Elle allait en avoir.

Je me suis approché, j'ai posé l'invitation sur son bureau.

– Mona, je suis venu t'inviter au grand bal que je donne en ton honneur. Je n'ai pas voulu te donner le carton au collège, mêlé aux autres. Voilà la raison de ma présence chez toi ce soir. Mona, je te demande pardon pour mes mensonges. Je regrette de n'avoir pas lu le livre que tu as écrit avec Basile. J'étais jaloux. Je t'aime. Depuis le début. En dépit de tout.

Ensuite, je me suis penché, avec fougue. Pour l'embrasser.

Et ç'aurait été absolument parfait si je n'avais

pas oublié que je portais toujours le casque d'Hippolyte.

Il est vingt et une heures. Mona vient de m'envoyer un mail. Son nez a cessé de saigner mais la bosse a doublé de volume.

Elle ne me confirme pas sa venue au bal.

27 janvier

L'inquiétude m'a empêché d'écrire une ligne dans mon journal, avant la fête. C'était peut-être aussi de la superstition. Et si cette manie de consigner tous les faits de ma vie m'avait surtout attiré des ennuis ?

Le lendemain de ma visite, Mona est arrivée au collège complètement défigurée. Un hématome monstrueux, d'un violet tirant sur le jaune, enflait son front. Elle portait sur le nez des pansements sanguinolents à la Mickael Jackson et parlait un peu comme Donald. Les parents ont tort de se faire du souci. Ces casques sont extrêmement solides.

En tout cas, je n'ai pas osé lui parler, même pour lui présenter mes excuses. Je n'étais pas sûr que ce soit suffisamment romanesque.

Ces derniers jours, dans la classe, on ne parlait que de mon anniversaire. À mon approche, des conversations secrètes s'interrompaient. On complotait pour m'offrir un cadeau. Héloïse, chargée de se renseigner discrètement pour déterminer ce qui me ferait plaisir, m'a carrément posé la question. J'ai demandé un smartphone. Tout le monde me souriait. En d'autres temps, j'aurais été comblé.

J'ai fini par inviter aussi Basile, qui n'a pas paru surpris, ni particulièrement flatté. Je crois qu'il serait venu, avec ou sans invitation.

Tous les soirs, au cas où, j'ai potassé ma danse. Je m'améliore. Héloïse et Hippolyte m'ont donné des conseils. Selon eux, je devais être capable de m'agiter en solo, au milieu de la piste, comme d'étreindre délicatement les filles pour les entraîner dans un tourbillon vertigineux.

– En un mot, a résumé distraitement Hippolyte en feuilletant un magazine de foot, il faudra que tu mettes le feu.

Ma mère s'est occupée du buffet. Elle a commandé des quantités d'amuse-gueules, des cocktails sans alcool, des pâtisseries, des fleurs, et même un gâteau géant, en l'honneur de son héros d'un soir : M. Boucart, son N + 1.

Mon père n'a pas voulu être en reste. Il a malheureusement retrouvé chez ses parents une antique boule à facettes et des spots. Il a entièrement dégagé le salon, poussé les fauteuils, démonté le canapé. La pièce s'est progressivement ornée de guirlandes en papier crépon. Hippolyte a connecté son ordinateur portable sur les enceintes et fait des essais de son.

À quatorze heures précises, tous les invités sont arrivés en même temps, flanqués de leurs parents ravis et surexcités. Il a fallu attendre une bonne heure qu'ils repartent tous. M. Boucart, surtout, semblait vouloir participer à la fête. Quand Hippolyte a lancé les premiers morceaux, à volume modéré, pour faire comprendre aux adultes que les choses sérieuses allaient commencer, Boucart a claqué des doigts et remué les genoux en lançant un clin d'œil à ma mère. Quand il a finalement consenti à disparaître, sur les instances excédées de sa fille, Mona n'était toujours pas là. J'ai compris qu'elle ne viendrait plus.

Il a fallu faire face. Héloïse a donné le signal. Elle a monté le volume, attrapé Hippolyte, et ils ont commencé à danser.

Comme des dieux.

Alors, ça a été le délire.

Tout le monde a fait n'importe quoi. J'ai eu le temps de voir mes parents quitter la pièce, tandis qu'Ange se lançait, à son tour, dans la danse, suivi par Baptiste, Jules, Grégoire, Violette, Mélusine, Arsinoé et tous les autres.

Le temps s'est accéléré. La boule à facettes jetait des éclairs et me rappelait la bosse de Mona. Je secouais comme je pouvais mon cœur lourd, dans cette cohue sinistre.

Basile, seul au buffet, engouffrait les amuse-gueules et testait les cocktails. En remarquant qu'il jonchait le sol de petits-fours, je me suis approché de lui.

Son sourire amical, sa joie sincère de me voir, nuancée de surprise – comme s'il ne se rappelait absolument plus que la fête avait lieu chez moi –, m'ont mis du baume au cœur. Je me suis rappelé la rentrée, les premiers moments dans cette classe. Au fond, c'est lui qui m'avait accueilli, qui m'avait transmis les rudiments de la nullité. Il n'avait jamais hésité à me rendre service, à distraire Face-de-Rapace quand il l'avait fallu. Et moi, je l'avais lâchement laissé tomber. Mon orgueil d'enfant trop gâté, ma jalousie m'avaient conduit à lui faire un affront dont il semblait ne plus me tenir rigueur. Je n'avais même pas jeté un coup d'œil à son livre. J'étais d'une indélicatesse absolue.

Je l'ai invité à me suivre, d'un signe de tête.

Il a hésité un moment, a lancé un regard inquiet au buffet, puis s'est emparé d'une assiette, y a édifié une pyramide instable de gâteaux et m'a suivi jusqu'à ma chambre, parsemant le couloir et l'escalier de miettes.

Nos pas ont alerté mes parents qui ont jailli de leurs appartements.

– Tout se passe bien ? s'est enquise ma mère.

– Oui, maman.

Elle a gratifié Basile d'un sourire crispé. Il était,

d'ordinaire, absolument interdit d'apporter de la nourriture dans les chambres, mais elle a pris sur elle et s'est tue.

– La petite Boucart ne s'ennuie pas, tu es sûr ? Tu as remarqué combien cette jeune fille est ravissante ? m'a-t-elle demandé.

J'ai haussé les épaules et elle n'a pas insisté. Quand nous nous sommes retrouvés au calme, Basile et moi, je me suis senti soulagé. Il a examiné mes livres, mon album de timbres, mon jeu d'échecs, mon encyclopédie, en laissant des traces de doigts gras partout.

– Tu sais, Basile, je voulais m'excuser. Je n'ai pas été très sympa avec toi.

Occupé à allumer et à éteindre ma mappemonde lumineuse, il n'a pas répondu.

– Tout cette histoire, c'est à cause de… de Mona. Enfin, je veux dire, de mes sentiments pour elle, tu comprends ?

Et voilà. Je lui parlais de nouveau comme à un abruti. La musique nous parvenait, à peine assourdie. Le battement des basses pilonnait les parois. Basile appuyait en rythme sur l'interrupteur de mon globe terrestre. Un chou à la crème a explosé sur la moquette.

– Bref, ai-je résumé. De toute façon, elle n'est pas venue. J'ai fait tout ça pour rien.

J'ai repensé à mes semaines d'entraînement, aux préparatifs, à l'état dans lequel la fête laisserait la maison. J'ai eu envie de me coucher, de mettre la couette sur ma tête et d'hiberner.

– Elle parle tout le temps de toi, m'a informé Basile en mâchonnant, son attention tout à coup fixée sur mon puzzle de deux mille pièces représentant un tableau de l'école de Fontainebleau.

Il ne semblait pas vouloir poursuivre. Je me suis interposé entre le puzzle et lui.

– Oui ? Et qu'est-ce qu'elle dit ?

Il m'a souri aimablement.

– Qui ?

– Mona ! Qu'est-ce qu'elle dit sur moi ?

Il s'est assis sur mon lit et a scruté attentivement sa pyramide de desserts. Il a jeté son dévolu sur un gros macaron jaune qui soutenait une colonne de tartelettes.

– Basile, s'il te plaît ! Concentre-toi.

– Je sais, a-t-il reconnu. Je préfère manger le macaron tout de suite. Ce n'est pas mon gâteau préféré.

– Qu'a dit Mona ?

– Mona ? Mais… voyons…

Il a gobé le macaron. Les mots qu'il a proférés, englués dans le sucre, étaient incompréhensibles. J'ai failli jeter son assiette par la fenêtre.

– Basile, s'il te plaît, arrête de manger une minute et répète calmement.

Il a considéré les sucreries d'un air apitoyé, comme s'il abandonnait une portée de chatons orphelins.

– Elle parlait sans arrêt de toi. On a perdu beaucoup de temps, pour cette raison, quand on a écrit les chapitres 12 à 20, ceux qui se passent dans le cratère de Barbicande, au moment où l'Elfe…

– Basile ! Reste sur Mona ! Elle disait quoi ?

Il a fait un gros effort de concentration, s'est mordu l'intérieur des joues.

– Rien de spécial. Elle t'aime. Ah, oui. Elle veut te donner une leçon, bien sûr. Elle va venir à ta fête, mais très en retard. Histoire que tu t'inquiètes un peu. Et puis… surtout. Le plus important…

J'ai senti ma respiration se bloquer, tandis qu'il se creusait la tête.

– Ah oui. Elle a bien insisté. Tout est top secret Si je t'en dis le moindre mot, elle me tue.

J'ai dévalé les escaliers.

Il régnait dans le salon une touffeur de serre tropicale. J'ai d'abord aperçu Ange, serrant voluptueusement dans ses bras Mélisande Boucart, et puis…

Mona.

Rayonnante.

Elle dansait.

Et, dans la danse, elle était pareille aux autres. Impossible de remarquer sa claudication. Au contraire, accentuant subtilement son déhanché, frôlant à chaque instant la culbute, comme un funambule, elle ressemblait à une ballerine magique. Les couleurs éparpillées de la boule à facettes glissaient sur son corps souple. Même Héloïse, en comparaison, se dandinait comme l'ours Baloo dans *Le livre de la jungle*.

Les autres danseurs ménageaient un espace autour d'elle. J'ai vu Ange écarter un peu les bras pour la retenir, en cas de chute. Mais elle ne chutait pas. Elle dansait. Pour elle, la loi de la gravitation universelle semblait miraculeusement suspendue, ce soir.

Tout à coup, Hippolyte, posté près de la chaîne, m'a fait signe.

Il a lancé un morceau lent. Une musique d'autrefois, douce et poétique. Un titre des Scissor Sisters extrait de leur album de 2006.

Des couples se sont formés aussitôt. Je me suis dirigé vers Mona. Elle m'a regardé droit dans les yeux et a souri. J'ai porté les mains à mon crâne pour lui montrer que je ne portais pas de casque. Son sourire s'est accentué.

Bizarrement, au moment où mon pied a dérapé sur quelque chose de gluant, j'ai su tout de suite qu'il s'agissait d'un toast au beurre de cacahuète que Basile venait de faire tomber d'un plateau. J'ai capté son regard désolé au moment où je basculais dans le vide.

Puis tout est devenu noir.

29 janvier

– Ne t'inquiète pas, m'a dit Mona, le lundi matin, quand elle m'a vu entrer dans la cour. Je t'accompagne.

Suant, épuisé, soufflant comme un bœuf, je l'ai suivie jusqu'à l'ascenseur, m'appuyant maladroitement sur mes béquilles.

– Tu verras, a-t-elle commenté. On finit par s'y faire. Tu en as pour longtemps ?

– Non. J'ai une simple entorse. Heureusement, parce que c'est vraiment horrible.

Puis j'ai pris conscience de ce que je venais de dire.

– Pardon, Mona.

Elle n'a pas répondu. Mais quand les portes de l'ascenseur se sont refermées sur nous, elle a collé sa bouche sur la mienne.

– Quarante secondes, a-t-elle dit quand nous sommes arrivés à l'étage. Très court, malheureusement.

Je n'ai rien pu répondre. Mais je n'ai pas eu besoin de mes béquilles pour marcher jusqu'à la salle de maths.

Tout le monde était déjà installé. Je me suis arrêté un instant sur le seuil. J'ai regardé mes petits camarades. Je les trouvais adorables, soudain, gentils, beaux. Ange m'a fait un petit signe, Basile observait la trace d'un avion dans le ciel.

J'ai boitillé jusqu'au bureau, où Face-de-Rapace examinait mes béquilles avec une petite grimace.

– Monsieur, ai-je chuchoté. Puis-je vous dire un mot ?

Il a accepté et m'a invité à le suivre, tant bien que mal, jusqu'au couloir. Mona a regagné sa place et m'a lancé un petit clin d'œil. Mon cœur s'est gonflé d'allégresse.

– Voilà, ai-je annoncé dès que nous nous sommes retrouvés en tête à tête. Je voulais vous remercier.

– Me remercier ? En quel honneur ?

– Tout a bien marché. Votre plan. Le bal.

Il a de nouveau considéré mes béquilles.

– Apparemment, oui.

– Oh, ce n'est rien. Et aussi… enfin, je voulais vous demander une faveur.

Il a paru surpris et très attentif. Il ne devait pas avoir l'habitude de ce genre de requête.

– Au sujet des copains. Ils ont été très gentils avec moi, ils n'ont pas dormi de la nuit, samedi, à cause de la fête et de ma… chute. Ils sont venus me voir à l'hôpital, dimanche. Je crois qu'ils n'ont pas eu trop le temps de travailler les maths, ni de faire leurs exercices pour aujourd'hui. Alors, exceptionnellement, si vous pouviez… vous montrer indulgent.

Face-de-Rapace a hoché la tête.

– Vous faites des progrès, Nils. Vraiment. Je révise mon jugement. Peut-être au fond n'êtes-vous pas si nul que vous en avez l'air.

– Merci, monsieur.

Nous sommes rentrés dans la classe. J'ai atteint péniblement ma place. Pour la première fois, je me faisais une idée un peu plus concrète de ce que vivait Mona. Je n'aurais jamais eu son courage.

Quand je me suis assis, Face-de-Rapace a pris solennellement la parole :

– Votre camarade Nils m'a communiqué certains éléments, vous concernant. Vous n'avez pas pu travailler vos mathématiques, et il en est responsable. Je consens donc, exceptionnellement, à modifier mon programme. Je vous accorde jusqu'à demain pour achever les exercices prévus.

Quelques murmures de joie se sont élevés. Quelqu'un a commencé à applaudir.

– Mais aujourd'hui, a repris Face-de-Rapace, je vous colle un contrôle surprise. Coefficient double. Si vous commencez à faire la java le week-end dès la sixième, vous êtes très mal partis, mes petits amis.

J'ai été très reconnaissant à Face-de-Rapace de consentir à rester lui-même. Déjà que, quand on embrasse une fille, plus rien n'est pareil, j'aurais été trop perturbé si, en plus, tout devenait différent.

J'ai regardé les autres s'attaquer au contrôle en

gémissant. Après tout, ils n'avaient qu'à mettre au point une méthode, eux aussi, pour échapper à la dictature de la réussite. La mienne, en tout cas, était un succès complet. J'ai songé à la faire breveter. Je pourrais l'appeler « La Nullité pour les Nuls ».

Puis, en pensant à ma cheville enflée, à la cloison nasale déformée de Mona, aux affres subies par ma famille, je me suis dit qu'il existait peut-être des techniques moins risquées que l'échec pour réussir sa vie.

Ensuite, j'ai regardé Mona. Elle a souri, j'ai tout oublié, et quand Face-de-Rapace a ramassé les copies, la mienne était blanche.

J'ai décroché mon premier vrai zéro.

Et comme Ange semblait très diminué, depuis ma fête, par sa passion toute neuve pour Mélisande Boucart, Mona a obtenu la meilleure note.

Finalement, la maîtresse de l'année dernière n'a peut-être pas dit que des bêtises. Il se passe vraiment des choses étranges, à l'entrée au collège.

– Alors, champion, m'a demandé Mona en souriant, à la fin de la journée, on perd ses moyens ?

– Oui. Je vais peut-être avoir besoin de quelques cours de rattrapage.

Puis j'ai passé mon bras droit autour de sa taille et attrapé une béquille avec la main gauche. Elle a pris l'autre et nous avons sautillé ensemble vers la sortie.

Nos deux boiteries s'accordaient à merveille.